AF449579

Los relatos de Marta

María Alatriste

EDIQUID

LOS RELATOS DE MARTA
© María Alatriste

Editado por: Corporación Ígneo, S.A.C.
para su sello editorial Ediquid
Av. Arequipa 185 1380, Urb. Santa Beatriz. Lima, Perú
Primera edición, julio, 2023

ISBN: 978-612-5112-17-0
Impresión bajo demanda

Hecho el Depósito Legal en la Biblioteca Nacional del Perú N° 2023-04674
Se terminó de imprimir en julio del 2023 en:
ALEPH IMPRESIONES SRL
Jr. Risso Nro. 580 Lince, Lima

www.grupoigneo.com
Correo electrónico: contacto@grupoigneo.com
Facebook: Grupo Ígneo | Twitter: @editorialigneo | Instagram: @grupoigneo

Portada (dirección artística y fotografía):
Ingrid Bretel

Colección: Nuevas Voces

Contenido

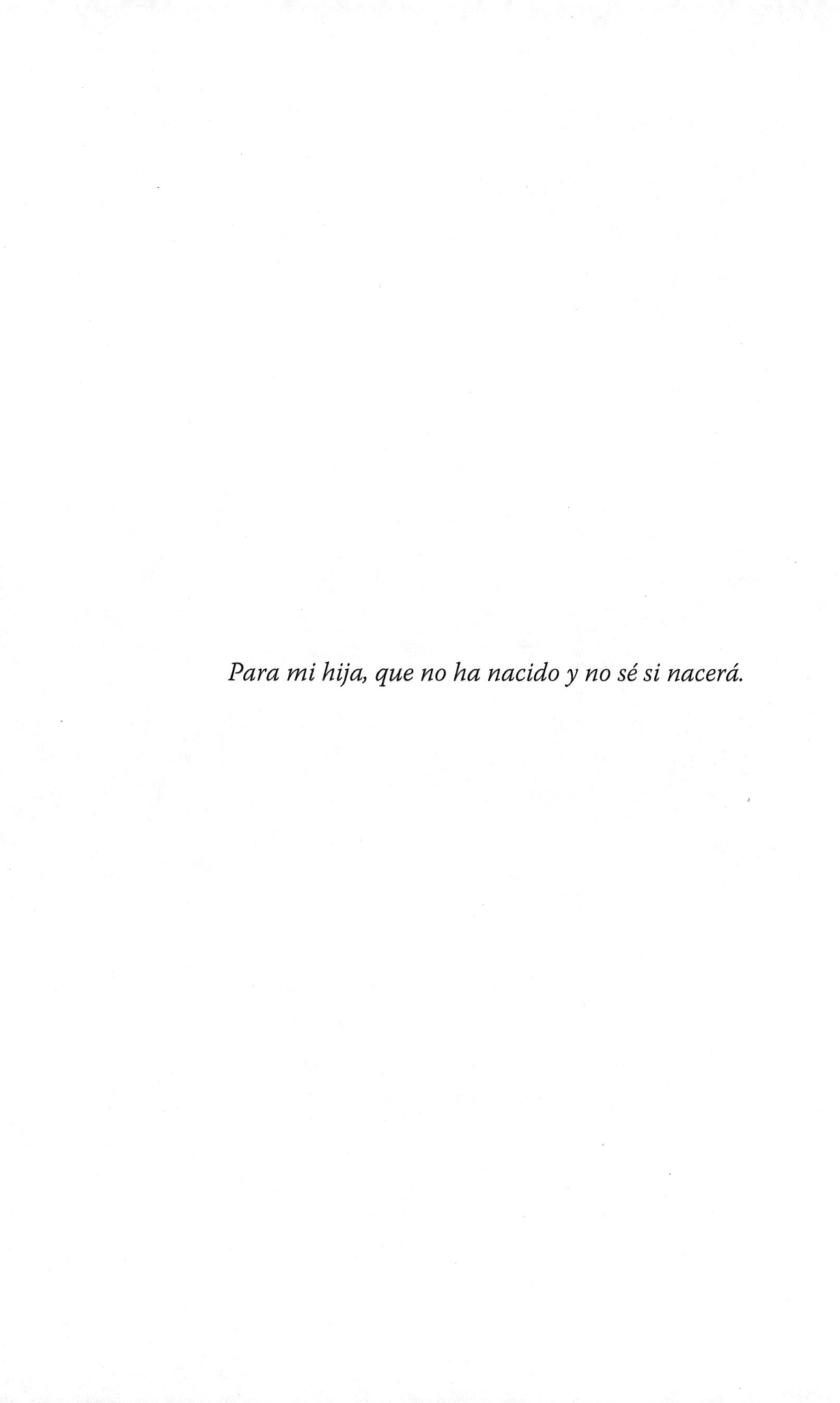

Para mi hija, que no ha nacido y no sé si nacerá.

Buenos Aires, Argentina.

Una madrugada de mis noches, un tipo de seducción que aún no conocía me despertó, quitándome el sueño. Al abrir los ojos, me percaté de que no era un amante deseoso de mi cuerpo, pero tuve la misma sensación de intensidad que se percibe al dejarse llevar al hacer el amor, llegar al clímax, luego al sosiego y dejar ir todo con absoluta ligereza.

Entonces, advertí el noviazgo que había comenzado a existir entre mi soledad enamorada de mis deseos y mis deseos enamorados de mi individualidad.

Marta Monval

De la infancia a la adolescencia

Cuando comencé a descubrirme como mujer, recuerdo que había una necesidad en mí de enamorarme. Era la única sensación que hacía que la realidad me pareciera de verdad cierta, pues entonces pensaba que ese era el estado perfecto en el que todos los seres humanos escondemos nuestras imperfecciones, aunque sea por un tiempo limitado, y nos legitimamos en términos de felicidad.

Empecé a reflexionar sobre mi vida para conocer el origen de esta necesidad y durante la búsqueda recordé anécdotas de la familia que contaban muchas cosas sobre mí. La descripción del brillo de mis ojos cuando nací fue inusual, dijeron de ellos que querían comerse el mundo sin llanto ni queja y que observaban todo con una curiosidad que denotaba un desafío.

Encontré recuerdos de otras tantas circunstancias, no necesariamente todas entretenidas, ni siquiera en contextos cotidianos. En mi memoria hallé escenas en las que varias personas me predisponían desde mi niñez a un destino singular, como si todo habría de ser con una metodología precisa, pasos bien estructurados que limitaban mi imaginación sobre lo que estaba por conocer.

Mi belleza no era excepcional y, como buena adolescente, tenía varios complejos, casi todos justificados por haber nacido en una familia de ascendencia española; eso que muchos mexicanos presumen y que hoy describe muy bien el concepto de malinchismo. Mi fisonomía era distinta a la de mi familia y a la de nuestro círculo social cercano. Muchos de mis parientes mencionaban de forma hiriente la falta de herencia de los ojos celestes de mi madre y se hacían cargo de comentar con cizaña la lástima de no tenerlos. De pequeña, no comprendía esta queja siniestra y solo recuerdo a mi madre, preocupada, lavándome el pelo con champú de manzanilla, cuidándome del sol de un modo obsesivo y vistiéndome con colores que hicieran ver mi piel más clara.

Por suerte, poco después nacieron mis hermanas gemelas, quienes se convirtieron en la gran sensación familiar. Lógico, pues su belleza era doble; muy hermosas, según el canon estético de la familia: el cabello claro, como en mi tatarabuela, mi abuela y mi madre; los ojos enormes y de color cielo a punto de nevar. Sus rosadas mejillas evocaban los cuadros de princesas e infantas que se ven en los museos. Nada que ver con los míos, que recordaban a las ilustraciones de los libros de historia colonial, explicación natural de mis rasgos autóctonos.

Mis hermanas menores no tenían mucho en común conmigo, aunque su amor siempre fue palpable. Cada vez más por influencia familiar, a ellas les gustaban los juegos de té, las muñecas, cocinitas y todo lo que tuviera color rosa. Además, desde pequeñas fueron más obedientes, dóciles y condescendientes. De cierta manera, eso pudo contribuir a que yo sintiera que ellas eran las predilectas de mi madre.

En cuanto a mí, como si fuera un varoncito, buscaba más afinidades con mi padre. Desde niña fui preguntona, sobre todo con respecto a la dinámica de las relaciones interpersonales, la diferencia entre sexos y el cumplimiento de un rol específico por ser mujer.

En mis recuerdos hallé también que casi siempre me porté como quería ser y no juzgaba lo que los demás querían hacer. No comprendía en ese entonces la etiqueta de rara que todos me colocaron por mirar las cosas con distinta perspectiva; todos, excepto mi padre, a quien de cierta manera le emocionaba que buscara nuevos caminos.

El orgullo particular de mi padre se terminó el día en que me sorprendió haciendo algo que yo todavía no entendía: estaba acariciando de manera romántica a una de mis mejores amigas, pero ahora comprendo que fue por curiosidad y mera experimentación. Estábamos jugando a la familia perfecta con nuestros muñecos de plástico y, de repente, nos surgió un morbo, unas ganas de experimentar encontrarnos un poco más de cerca. Sin ningún tipo de asco, rechazo o desazón antinatural, comenzamos a acariciarnos solo por la necesidad de probar, situación que ante los ojos del pobre de mi padre se convirtió en la zozobra de no saber si su hija, que tenía actitudes de hombrecito, en realidad era lesbiana, palabra que, por supuesto, mi amiga y yo desconocíamos por completo. Para nuestro pensamiento aquello no era ni bueno ni malo, sino parte de ser y descubrir.

La poca preparación de mi padre sobre temas de diversidad sexual, así como su disposición a brindarme apoyo para obtener herramientas de orientación adecuadas, eran muy precarias. No era su culpa, sino parte del tabú sexual que le había sido inculcado desde su niñez y que en mí repercutió como una sanción moral percibida desde el cariño que me daba.

Luego de este incidente, su visión se convirtió en disimulo: pretender que no pasaba nada y reprimirme las maneras que fomentaran conductas distintas a las que una niña que se convertiría en mujer debía tener. Desde ese momento fue muy notorio su esmero en tratarme como una mujer, sin alcahuetear aquella inclinación que denotaba una actitud muy diferente a la de una niña convencional.

Yo solo recuerdo que a esa edad aquellos besos y caricias con mi amiga representaban, más que el puro instinto, el reflejo de lo que veíamos en películas, propagandas y en las conversaciones oídas de los adultos; sin saber en dónde estaba la malicia en aquello que veíamos tan natural en medio del hermetismo y la infinidad de mensajes ambiguos.

Quizás el alejamiento de mi padre hizo que nacieran en mí las ganas de escaparme de los reproches que mi madre solía hacerme junto con las eternas comparaciones con mis amorosas hermanas. Estaba harta además de su obsesión de perseguir los pasos de mi padre, debido a su posición como uno de los hombres más influyentes de México.

Comenzó a crecer la sensación de no lograr aceptarme o de sentir que algo malo había en mí y, desde entonces, me involucré en el tipo de pensamientos en que debería concentrarse una niña de mi edad. Aunque mi vida estaba solucionada en cuanto a lo económico, lo demás era complicado a causa de la represión, la falta de amplitud para tratar estos temas en mi núcleo familiar y de las ganas de seguir un camino distinto al que ellos vislumbraban para mí.

Explorar con amplitud mi curiosidad se convertía en un deber personal, junto al de esclarecer si la vida futura sería un guion conocido o si tendría el vigor para lograr objetivos del todo distintos; sin tiempos, etapas o procesos sociales dictados por alguien más.

Así fue como esta inquietud me llamó a explorar distintos escenarios y a encontrar un lugar en la vida mediante una imposición mía, y de nadie más, con el deseo de saber lo que era sentirse mujer y con las ganas de experimentar para descubrirme y conocerme en profundidad. Nadie me explicó que hallarlo y explorarlo sin la debida orientación conlleva códigos muy peligrosos de descifrar, tantos como las ansias de probar aquello que la sociedad nos dicta como prohibido.

Convirtiéndome en mujer

Eso que todos llaman *la primera vez* sucedió el día que un grupo de supuestos amigos me invitaron a irme de pinta. Apenas tenía catorce años y ya sentía que podía desenvolverme con toda confianza y libertad, quizás algo normal a esa edad de adolescentes con infancias problemáticas o inusuales. Llegué temprano a la escuela y encontré la presión de muchos de mis amigos para escaparnos a La Marquesa. La idea era comernos unas quesadillas y tomarnos unas cervezas.

Todo sonaba muy divertido y emocionante, mis amigos tenían ganas de comerse el mundo, de pasarla bien, y a mí eso me contagiaba de ganas de encajar y pertenecer a un grupo. De a poco, con risas incontrolables, llegamos al estado de ebriedad y terminamos jugando a algo estúpido que consistía en decir la verdad o hacer un reto. Un juego generalizado en todo el mundo y practicado con distintos niveles de intensidad.

Tan pronto se pasaron las copas, terminé debajo de un árbol cumpliendo el reto de permanecer ahí y que uno de mis amigos me besara durante cinco minutos, mientras todos los demás seguían jugando en otra parte. Ahora creo que entre los chicos del grupo habían hecho un plan para que cada uno terminara jugando a lo que quisiera.

Yo solo quería besarlo y experimentar, pero mi energía para poner un límite se desvaneció por las excesivas ganas de mi compañero de utilizarme como a una muñeca de plástico. Aunque eso pensé, en ese momento también sentía la culpa de que aquello me pasaba por estúpida, o así lo llamaría la sociedad. ¿Quién me manda a estar tomando con chicos y confiar en ellos? Me lo busqué, no hay más. Una y otra vez llegaba a mi cabeza la frase famosa de que la mujer es responsable de hasta dónde llegan los deseos masculinos.

¿Qué era tener sexo? ¿Qué era hacer el amor? Por lo que había aprendido en las películas, los relatos de otras amigas precoces y las historias de personas cercanas debía ser algo muy especial, pero a mí me dolía y me arrancaba parte del valor de mi cuerpo, de mi alma. La penetración logró incursionar en mi falda de colegio, desacomodó mis calcetines y mis zapatos, me raspó las rodillas, atravesó la barrera invisible de mi dignidad. Sus manos me tocaban sin saber tocar, ignorando cómo dibujar un bosquejo de sensualidad. Fui objeto de una irrupción, no una experiencia en verdad. Dolía entregar por primera vez algo tan íntimo, tan mío y que me llevó a un total vacío.

No sé aún por qué traté de disimular que no había pasado nada en contra de mi voluntad. Quizás porque este supuesto amigo de mi infancia me amenazó con decirle a todos que yo lo había provocado. Fue uno de los amigos de mis amigos quien, al ver mi frustración, se ofreció para llevarme a casa. Por supuesto que acepté el favor de este desconocido como aceptaría un refugio una persona sin hogar. Permití que me llevara con mis padres, pues solo quería irme de ahí, simular que no había pasado nada, que no me dolían las piernas, que no me dolía el sexo como si me hubieran atravesado con un objeto inerte y no con un miembro animado dador de energía y vida.

Él tenía en su mirada un morbo que no me gustaba, pero quizás eran mi angustia y mi desesperación las que me llevaban a sentirme paranoica. El camino se hacía cada vez más y más largo. Bajó la ventana para fumarse un cigarrillo. El olor era extraño, no era tabaco, pues conocía muy bien ese olor porque yo fumaba de vez en cuando. Era marihuana y aunque no estaba acostumbrada a que la gente se drogara frente a mí, tampoco me pareció una razón para convertirlo en una amenaza o juzgarlo.

Para llegar a la residencia de mis padres el camino era aún más aislado que en la actualidad. La zona de Bosques de las Lomas todavía no era tan habitual para los que querían vivir una opción menos complicada que la zona urbana. El bullicio de Ciudad de México se percibía un poco lejano y hasta provinciano.

Fui notando cada vez más lo poco acertada que había sido mi decisión de que este sujeto me ayudara. No me equivoqué. Antes de llegar, orilló el auto con lentitud, ocultándolo entre los frondosos árboles. Intentó consolarme y, al ver mi poca voluntad y escasas ganas de luchar en la vida, decidió aprovechar aquel momento tan devastador para mí. Se me encimó. Como el volante y la palanca de velocidades le estorbaban, pasó por mi mente salir, correr o gritar, pero recordé que me lo había ganado. Me había ido sin permiso en un día de escuela, había escapado con varios amigos varones y había aceptado tomar, fumar y jugar verdad o reto sensual.

Mi moral enmudecía y me hacía pensar que nada podía salir peor, como cuando uno fracasa en la vida y entonces decide renunciar y esperar a que algo pase por inercia. Yo esperé a que pasara despacio la segunda vez que alguien me hizo «sentir mujer». Lo único positivo que ahora encuentro al recordar todo eso es que el carro era un Volvo o algo así, con asientos de piel beige. No es que me importara, solo que mejoró un poco la situación del árbol.

Al llegar a la puerta de mi casa me di cuenta de que aquellos asientos de piel beige tenían ahora un poco de sangre, que esta vez no era menstrual y formaba en el asiento una espiral de momentos en mi vida que no habría manera de borrar.

Aquella espiral de mi femineidad me enseñó mucho acerca de la maldad de las personas que me rodean y sobre mi vulnerabilidad de mujer ante el mundo; sigue presente en mis días y se enciende como el ánimo de una vela en el ocaso. Algunas veces representa espejismos divertidos, una broma con humor negro; en otras ocasiones, de la nada enciende mis temores como una espina de sanción en mi alma. Sin embargo, seguro que esos dos supuestos amigos aún me recuerdan como la chica de moral distraída a la que se le ocurrió aceptar unos tragos de más en un círculo de falsa confianza. ¿En verdad sabrán lo que hicieron? ¿Les produjo algún arrepentimiento hacerle eso a una amiga, a una mujer? Y las demás mujeres que nos acompañaban, que no corrieron con la misma suerte que yo, ¿se habrán sentido impotentes o me vieron de la misma manera que ellos?

No sé si esto fue más un trauma que un aprendizaje. Aunque en ese momento sentí con vergüenza que me lo merecía, también me hice muchas preguntas que planteaban alternativas para sentirme menos como una víctima. Dudas que tenían que ver sobre cómo nos enseñaban la sexualidad, cómo los hombres podían tener cierto poder de decisión acerca de si una mujer merecía ser sometida mediante la violencia sexual o no; incluso saber qué nos hace tan diferentes de los hombres como para que muchas veces a las mujeres se las vea como provocadoras y a ellos como víctimas del deseo sexual al cual responden.

Hasta la prostitución podría ser una actividad legal tipificada para su monitoreo. Es una simple contradicción, toda una verdad manipulada por los impulsos e instintos básicos de los seres humanos y sus estándares sociales. La mayor virtud de todas es vivir sin experimentar tanta libertad o placer desde una visión más amplia y dinámica, convirtiendo cualquier deseo en la represión amarga de muchas personas que buscan drenar a través de actos atroces como los que yo viví y que viven otras tantas mujeres en el mundo. Y todo por eclipsar la información sobre las dinámicas sexuales.

A partir de estos sucesos, caí en una etapa oscura. No me gustaba hablar con las personas y no me interesaba hacerme la niña amable. Tenía diversos sentimientos y mucho enojo. Además de sucia, sentía que valía menos, pues después de todo había perdido mi virginidad en una espiral incomprensible bajo conceptos inimaginables. Me habían robado algo que mi familia consideraba indispensable para que algún día yo me casara con un hombre decente; algo que en ese entonces lo era todo para conservar mi decencia y que recuerdo en un asiento de piel beige en forma de espiral.

Sin olvidar aquella espiral, decidí cerrar los labios, sellarlos y dejar que se secaran y agrietaran con la verdad. Era lo que podría mantenerme a salvo, a fin de cuentas mi familia lo vería mal y de manera inconsciente me considerarían usada por las manos de la perversidad humana. Y aunque muy en el fondo no era mi culpa, el entorno que acepté vivir en ese momento me hacía responsable, la provocadora de este tipo de situaciones.

Era lógico que una adolescencia así hiciera que mi vida tuviera demasiadas contradicciones. Mi visión era atípica para mi entorno. Creo que a partir de ahí muchas personas cercanas veían mi futuro dudoso e incluso considerarme una causa perdida para la familia de tan buen apellido en la que se supone que tuve la fortuna de nacer.

Quince años

Mi sensación de víctima comenzó a cambiar unos meses antes de cumplir quince años y ser presentada en sociedad. Para la ocasión, mis padres tenían una recepción armada con un toque tradicional aunque muy sofisticado, que después de todo lo experimentado no me causó ninguna satisfacción, sino muchas ganas de gritarles a todos a la cara que éramos unos bufones por querer presentarme como una «señorita».

Los dos ladrones simultáneos de mi virginidad se atrevieron a ir a la fiesta con su risita perversa, habían hecho conmigo lo que quisieron unos meses atrás y ahora se burlaban haciéndome sentir la prostituta que jugaba a ser presentada a la sociedad.

Era tanta la gente que felicitaba a mis padres, comentándoles lo bonita que era (como si eso fuera un premio de consolación), que empecé a verme abrumada con tanta interacción social. Yo solo pensaba en los dos falsos amigos que estaban ahí para seguir pretendiendo que todo lo que había pasado entre nosotros era parte de la normalidad y había quedado en el baúl de sus relatos de adolescentes.

Me avergonzaba de tener un vestido que no me gustaba, del mucho maquillaje para mi gusto, del peinado demasiado armado para mi corta edad y de acordarme de la parte de mi feminidad perdida en aquel auto. Mi repugnancia aumentó cuando vi que quien había sido dueño de mi espiral debajo de un árbol, le pidió a uno de mis familiares que le cediera el lugar para bailar con una de mis hermanas. Fue una reacción inmediata ir a interrumpirlos para ser yo la que bailara y así proteger de cualquier peligro a mi sangre; aunque, hablando con franqueza, ellas podrían manejar mucho peor que yo una situación como la que me pasó, pues tenían más arraigada la importancia de la virginidad.

Cuando ocupé, forzando el momento, el lugar de mi hermana y bailé con él, traté de no hablar. Reconozco que hasta se veía guapo, olía bastante bien y parecía que no rompía ni un plato. Dejé que pasara el tiempo y al cabo de un rato mi agresor me pidió con cinismo que siguiéramos saliendo, ya que le había gustado mucho la experiencia de haber tenido relaciones sexuales conmigo, aunque fuera yo un costal de papas. No sé por qué al terminar de escucharlo me reí sin parar. Decidí seguir bailando con él a gusto, mientras observaba al otro para que no se acercara a ninguna de mis hermanas o jugara a coquetearlas. Quise desesperarlo y confundirlo para que pensara que, después de todo, él estaba entre mis deseos.

Al vencer el miedo a esos dos ladrones, también me sentí nueva, empecé a convertirme en una persona responsable de su vida, menos ingenua y más consciente de su propia realidad. Dejé de victimizarme por lo que me había pasado, por suerte no quedé embarazada y no hubo mayores consecuencias que me impidieran tener una segunda oportunidad para seguir adelante; como si no hubiera pasado nada en absoluto.

Tenía la opción de seguir pensando que era un artículo usado, según mi propia victimización y prejuicios sociales, o empezar a mirar hacia otro lado y buscar nuevos horizontes. Comenzar a sonreír, olvidando lo que pasó, y emprender mi propio camino sin comprar la versión de que de alguna manera todo estaba arruinado para mí. Decidí seguir experimentando, pese a las muchas equivocaciones, tantas que no sé de dónde surgió mi suerte para encontrar cómo salir adelante siendo de todo, menos perfecta, y alejándome cada vez más de los estereotipos y roles que se supone tenía que seguir.

Mi rebeldía se sosegó a través de la experiencia y de la conciencia; alcancé cierta madurez mental, me perdoné y continué adelante bajo mis propios conceptos de libertad y bienestar. Asimismo, al comenzar a ser más yo para mí, fui insuficiente para el resto. Aceptarme con todas mis oscuridades me hizo descubrir nuevos estados de equilibrio en mi vida y en mi ser.

La vida en rosa

Los años y mi actitud de ya no más victimización me hicieron mucho bien. Empecé de alguna manera a deslastrarme de cuestionamientos y perturbaciones; a asumirme más ligera en autorreproches. Al fin y al cabo solo había tenido algunas malas experiencias y mi deseo de experimentar me daba los argumentos para decidir y para ser mucho más objetiva.

Un hermoso verano, luego de otros tantos turbulentos, conocí a mi verdadero primer amor. En ese momento me sentí más cómoda de ser yo, ya que en definitiva para mí y para muchos seres humanos el amor representa uno de los estados más plenos del ser. Llegó de la nada y aún no recuerdo muy bien por qué comenzó a volverse importante en mi vida. Era un francés escuálido que se había empecinado en robarme el corazón y yo tenía muchas ganas de que me lo robaran y de compartirlo. Él había visto en mí a la criatura más hermosa y salvaje y me enamoró de a poco. Los dos éramos unos jóvenes convirtiéndose en adultos, aunque ya teníamos la edad suficiente para tomar serias decisiones.

Me enseñaron desde chica a ser superficial y absorbí la norma social según la cual se supone que una buena mujer debe tener hombres lo menos posible y ser si no virgen, al menos muy recatada. Tomaba algunas clases con él y trataba a toda costa de no tenerlo cerca, quizás por miedo a volver a exponerme de manera equivocada o ser juzgada por sus ojos color clima.

La forma en que me había convertido en mujer no me agradaba y seguía apareciendo entre mis densos espirales. La verdad es que nunca fui recatada, aun con todo lo que me pasaba nunca estuvo de verdad en mi código genético ni en la ruleta rusa de mi vida. Ahora lo entendía con más ligereza, sin cadenas y con más ganas de fluir sin tantos cuestionamientos.

La primera vez que salí con este bello francés escuálido la noche era fantástica, llena de estrellas. Su cabello era tan rubiecito como mis padres hubiesen querido que fuera el mío y su acentito divertido hacía que todo me sonara bonito, aunque dijera muchas estupideces sin sentido debido al poco conocimiento de nuestro idioma.

Me hice la difícil para no volver a estar en un estado vulnerable. Había un detalle en él que lograba hacerme reír de mí, de él, de la vida. No perdía la oportunidad para hacerse el galán de telenovela y portarse cálido ante mí, como si quisiera cumplir todos mis deseos, como si apareciera el hombre perfecto en la torre donde uno suele estar presa en los cuentos de reinos mágicos. Así me sentía cada vez que estaba cerca de él. Además, olía a un perfume suave que me envolvía y se convertía en parte de mis mejores recuerdos.

Tal cúmulo de casualidades me hizo ver que podía confiar en él, que debía dejar de ser tan rígida ante mis errores y darme de nuevo oportunidades para confiar en los hombres. En la primera cita que le acepté me llevó a varios lugares de mi propio país que él conocía más que yo. Me contaba emocionado sobre su historia y se maravillaba con nuestra cultura. Le brillaban los ojos al hablar de todo lo que había sucedido en la tierra mexicana y de su legado. Incluso mis rasgos autóctonos le parecían el detalle más bonito.

Era difícil tratar de hacerme la mojigata al escuchar sus relatos, cuando lo único que quería en ese momento era el sabor de sus labios, de su cuerpo. Al margen del tema del deseo sexual, también había un tono de romanticismo, ya que además de parecerme culto y muy lindo en muchos sentidos, intercambiaba conmigo muchas ideas de su país que yo apenas conocía por los viajes de vacaciones con la familia.

Mis padres no se esforzaban jamás por comprender la cultura del país que visitaban, sino solo por ver los restaurantes mejor calificados para después hacer comparaciones culinarias con sus amigos y visitar museos y lugares culturales que cualquier persona perteneciente o aspirante a nuestro círculo social debe conocer. Cuando yo les preguntaba a mis padres sobre los comportamientos sociales que observábamos en otros países, como el de las europeas que no usaban sostén, me decían que no hiciera caso de aquello, poniéndome un muro mental que me hacía suponer que las mujeres extranjeras tenían costumbres inmorales. Sin embargo, algunas de esas que llamaban inmorales lucían tan llenas de vida y radiantes que era imposible apagar mi curiosidad. Esas experiencias internacionales vividas con mis padres hicieron que me regocijara más al conocer a fondo otras formas de ver y hacer las cosas.

Mi francés hablaba de una manera muy peculiar y sensual. Su nombre era Sébastian, ¡sí!, con ese acentito en el nombre, raro para una mexicana que no sabía francés. Sus ojos me parecían del color del clima, ya que cambiaban de mágica manera según el tono del sol, y entre sus mayores virtudes estaban el preocuparse poco de lo que pensaran los demás de él y disfrutar de la alegría de vivir.

Era de los que en su país llaman «bobos», que significa *bohemio francés,* una forma de denominar un estilo; el que cuida su forma de ser y de vestir, sin que se le vean demasiadas pretensiones, y que con un toque casual se distingue de todos los demás que utilizan demasiada gomina en el pelo y loción en exceso para mostrarse interesantes.

Además de todos los momentos divertidos que aún llevo como un buen sabor de boca, llegó al fin la noche en que con toda la paciencia descubrí que me había ganado la lotería, *voilà!*, comenzando una de las aventuras más importantes de mi vida. La del verdadero descubrimiento de mi sensualidad.

Ahora comprendo que perdí el tiempo siendo tan hipócrita con él, ya que en ninguna de nuestras conversaciones me preguntó si había estado con otro hombre. Supongo que lo hice porque tenía miedo de que fuera como otros chicos con los que había salido y quienes me habían cuestionado de forma indirecta mi virginidad. Sin embargo, lo hice, de alguna manera me preocupé de que él pensara que yo tenía un pasado sexual y por eso muchas veces pude llegar a sentirme insegura hasta bordear la ridiculez.

¿A quién no le encantan los amores de verano? Son intensos, maravillosos; te dan vida y no te quitan mucho tiempo. Lo conocí en su intercambio universitario, en una de las mejores universidades privadas de México, por lo que el tiempo estaba contado y eso quizás nos hizo vivir un profundo enamoramiento. Los meses pasaron y yo fui inmensamente feliz. Solía cantar en la regadera, le cantaba a la vida y reconocía que todo fluía con armonía. Era por completo la mejor versión de mí para él, pero en mi corazón tenía la inquietud de verlo como un aprendizaje y no como una solución a mis problemas.

El tiempo pasó rápido, aprendiendo el uno del otro, y como era de esperarse llegó el momento de su partida a París. Aún recuerdo lo ridículos que nos veíamos llorando en el aeropuerto, prometiéndonos amor eterno. Supongo que él estaba llorando más por dejar un hermoso país como México que por mí. Y yo quizás lloraba por quedarme sin la sensación de que a través de su cultura solía viajar con la mente a otros lugares para escaparme de todas mis supuestas preocupaciones.

Así que después de un par de meses de nostalgia y de salirme con la mía, ¿por qué no?, me compré el cuento de mi príncipe azul y me fui a París para descubrir si esto era cierto. Ahora entiendo que, en realidad, había llegado por fin la hora de salir de veras sola de mi tierra querida. A los dieciocho años me fui a París y probé suerte en el amor. Obvio: inventándoles el cuento a mis padres de una temporada de estudio intensivo de francés, a la que me dejaron ir sin tantas preguntas, pues esa era una de sus esperanzas de lograr sofisticarme.

La verdad es que yo solo fui a experimentar en el amor, pues ignoraba aún muchas cosas, y a enamorarme del mundo, de mi libertad y de la posibilidad de conocer distintas formas de pensar. Fui a dejar atrás tantas tonterías, a desahogarme y a caminar sin la carga de los códigos morales femeninos que me seguían desde mi familia tradicionalista. Además de disfrutar la comida sin preocuparme de ser delgada, probar los vinos, mirar los paisajes, perderme observando la arquitectura y encontrar personas muy especiales.

Aunque yo me auguraba una estadía feliz en París, en el avión me dio una crisis nerviosa al pensar en que Sébastian hubiera perdido el interés hacia mí y me hiciera sentir incómoda. Concluí que era mejor ir sin expectativas románticas, pese a que todo me indicaba que nada había cambiado como para impedir vivir aquel momento, esa oportunidad.

Llegué al aeropuerto Charles de Gaulle con dos grandísimas maletas Louis Vuitton para verme muy francesa y apantallar a mi francés con el uso de marcas lujosas manufacturadas en su patria, empacadas por supuesto con total ineptitud para aferrarme a mis comodidades.

Al salir por la puerta estaba él ahí, con su melena perfecta y sus ojos color clima, que me veían con seriedad y en cierto modo me admiraban, y con aquella boca que no esperé mucho para besarla y sentirme bienvenida. Poco a poco, caminando juntos de la mano, noté que ya no era la misma. Extrañé mi país, pero me di cuenta de que tenía el mundo frente a mí y muchas cosas por vivir. No era lo mismo viajar con mis padres para ver los museos y comer en los restaurantes más caros, que irme sola a la aventura; iniciarme en la comodidad de no tenerlo todo y depender menos de cosas que no siempre me llenaban.

Por primera vez me di cuenta de que podía valerme muy bien yo sola en un país donde casi no entendía nada de lo que decían; que podía sobrevivir, conocer, llenarme de experiencias y ser capaz de asombrarme de todo.

Encontrar aquel amor de verano quizás también fue el inicio de la esperanza de hallar el amor desde el respeto mutuo. Para ser honesta con mis recuerdos, por las diferencias culturales me costaba mucho trabajo expresarme y comunicarme a través de una sociedad que tenía conceptos muy distintos y que en apariencia eran menos caballerosos en el trato hacia la mujer.

En varias ocasiones pensé en las ideas familiares sobre la poca moral de algunos extranjeros, viéndome tentada a aceptarlas como verdad y como un antídoto de mi ignorancia para defenderme del miedo que me provocaba sentirme tan poco conocedora de los conceptos y dinámicas culturales de otros países. Ahora reconozco que no estaba lista todavía para ver que muchas de esas actitudes igualitarias las mujeres de aquel país

las habían exigido para tener mejores oportunidades y plantear-
se desafíos de roles más equitativos. Actitudes de aquel hombre, que en ese momento me enloquecía, que me podían llegar
a asustar por parecer descorteses o poco convencionales, y que
en vez de reflexionar sobre ellas desde un enfoque objetivo, las
analizaba desde el punto de vista de lo que me habían enseñado.

Su avanzado círculo familiar y esa forma natural de ver las
cosas en cuanto a los temas sexuales y sociales me parecían un
comportamiento raro, pero a la vez una ventana que me gustaba
mirar para percibir de distinta manera la vida y, una vez acostumbrada a mirarla, respetar esa diversidad.

Determiné que el amor que había entre Seb y yo era bonito,
pero no lograba hablar el mismo idioma. De alguna manera yo
sabía volar, pero aún no hallaba la forma de elevarme para encontrar razones más allá de mis arraigos prejuiciosos. Caí en la
cuenta de que quizá por lo mismo no sería él la persona que con
comodidad podría llevar a casa para presentarlo a mis padres y
hacerlos sentir orgullosos de la mejora del linaje en aquellos ojos
que harían que la herencia de mi madre se viera más atinada con
mi mezcla.

A través de todas las diferencias que encontré en él supe
que todavía me faltaba trabajar y conocer mucho para el sosiego de mi alma inquieta; descubrirme, más que intentar
adaptarme a su forma de ser solo por el hecho de agradarle;
volverme más a su gusto que al mío. Quería saber qué era lo
que en verdad quería yo, sin la intromisión de él o de mi familia. Quería hacer las cosas por mi cuenta y pedirle a la vida
mucho más que conformarme con caminos conocidos.

De manera que a partir de esta maravillosa experiencia traté de renunciar a mis ideas convencionales y comenzar a soñar

mucho más. El tiempo era muy corto y el reloj marcaba el momento de mi regreso. Me sentí triste al dejarlo, como la primera vez que me despedí de él. Creo que quizá sentía esa aflicción más por perder nuevas posibilidades que por dejar a una persona a la que le estaba muy agradecida por todo lo que representaba y a quien dejaba ir sin posesiones o resentimientos.

Cuando regresé a México era muy poco lo que quedaba de la relación con el hermoso Sébastian. La búsqueda de más sensaciones se hizo inagotable, era tan simple como que no podía parar. Después de vivir la vida en rosa, en cierto sentido estaba sanando. Tenía que probar, oler, conocer. En fin, tenía que vivir más, mucho más.

Un buen partido

Transcurrió un tiempo desde mi regreso de esta experiencia de idioma en París y me fui haciendo la idea de verlo como un viaje lejano, como algo que pasó y no pasó. Vinieron luego muchas sensaciones de desconcierto, sobre todo cuando la historia que me habían contado desde niña comenzó a suceder de forma atinada por no practicar el gozo de la libertad que produce la individualidad mezclada y equilibrada con la soledad.

Hallándome en este demo de mi vida, se atravesó otra persona que se esforzó en ser el hombre de mis sueños. Esta vez era un chico de una muy buena familia del norte de México, guapo y con todos los atributos que una mujer puede pedir. De la noche a la mañana mi suerte cambió, me convertí en la envidia de todas las chicas de mi universidad y Seb quedó en el rezago de emociones que solía recordar para sentir que había vivido al menos una vez un amor poco convencional.

Paso a paso me fui convenciendo de que tenía a mi lado a uno de los chicos más guapos, de esos que la sociedad llama «un buen partido», pero ¿qué significaba eso? Sigo tratando de encontrar un significado que se me haga tan personal como los pensamientos; sin embargo, en ese momento sentí que estaba en el camino correcto, aunque es obvio que también me sentí un poco incongruente con mis deseos ocultos de comerme el mundo.

Debo admitir que era muy atractiva la tranquilidad injustificada que me producía la intercesión de mis familiares recomendándome que no desperdiciara la oportunidad de tener un hombre como ese para casarme y formar una linda familia, «sobre todo por tus rasgos autóctonos y después de tus actitudes tan raras, tus pensamientos liberales y tus viajecitos sin mayor explicación». Asimismo, cumpliendo el nuevo rol de novia parecía que de repente encajaba en mi grupo social, al fin era «normal».

Tener esta relación me hizo ver que todo se trataba de aburguesarse. La mayoría de mis familiares más cercanos comenzaron a felicitar a mis padres por haberme asegurado buenos estudios y por lo visto un buen prospecto de marido. En ese momento, mi cerebro al fin dejó de parecer extraño y me sentí tranquila al dejar de pensar tanto en eso. Me puse en modo automático y empecé a ensayar la sencillez de vivir sin riesgos y a tratar de experimentar la supuesta existencia de una certidumbre.

Estaba en la universidad, pero no sabía nada de la vida y me creía todo ese cuento, lo que me hacía convicta de ser condescendiente con la familia, los amigos, los conocidos y hasta con mi propio «buen partido», a quien no guardo ningún resentimiento; al contrario, él trató de ser limitadamente un buen ser humano, al menos hasta donde supe. Creo que al final fue ese su principal defecto: su excesiva preocupación por quedar bien con quienes lo rodeaban.

Mientras más seria se volvía nuestra relación, más sentía yo que aquello era una prisión según mis estándares de libertad, los mismos que me hacían percibir que no debía conformarme a seguir la misma historia, que había algo mejor que protagonizar la novela de la pareja perfecta y que quizás el día más importante de mi vida no era el de mi boda. No es que en términos absolutos estuviera en contra de todo eso, era solo que muy en el fondo quizá no lo quería y, al mismo tiempo, me daba pavor y me sentía mal por no quererlo. ¿Qué tal si por no quererlo la experiencia salía mal? Me quedaría sola con mi amargura. Con frecuencia me preguntaba por qué no estaba dispuesta a aceptar el bello destino en el que alguien me protege de una vez por todas.

La relación era llevadera, por lo tanto, todo era perfecto. Sus padres me amaban, pero era obvio que no sabían que a mi corta edad había vivido más de lo que marcaba la norma. Tanta perfección me dio miedo. Había logrado interpretar con fidelidad el rol que me habían establecido desde mi nacimiento, solo me faltaba pensar en una gran boda, decidir cuántos hijos quería tener y conseguir un trabajo para contribuir a que mi marido se convirtiera en el gran hombre que todos querían. Sin embargo, ¿qué pasaba si yo quería ser una gran mujer por mí misma y no estar detrás de un gran hombre?

Quería estar cerca de una gran persona y que él estuviera al lado de una gran mujer. Esta, quizás, fue la inquietud que me llevó a postularme para una maestría en Europa; pensar las cosas de lejos y seguir mis sueños, siempre con la intención de luchar por el amor que sentía hacia mi enamorado, de esperar que mi gran hombre se sintiera orgulloso de mí. Luis era tan perfecto que me apoyó; incluso alegre y confiado decidió esperarme.

Todo iba bien hasta que se lo compartimos a nuestras familias. A partir de ese momento, la relación perfecta de una pareja que evoluciona comenzó a deteriorarse. La familia de Luis empezó a verme de forma extraña, con ojos inquisitivos cuestionaban el motivo de mis inquietudes. No entendían cómo podía dejarlo por tanto tiempo; seguro juzgaban que al estar lejos yo buscaría estar con otras personas o que mi comportamiento no era congruente con lo que de una joven como yo cabía esperar. Además, lo consideraban el hijo perfecto y no entendían el riesgo que yo decidía tomar alejándome para que otra mujer, viendo el buen partido que Luis era, pretendiese ocupar mi lugar.

Los comentarios sobre mis actitudes comenzaron a volverse insidiosos y las calumnias acabaron contagiando a Luis, quien, aunque se mantenía alejado de ellas, de manera inconsciente dejó que se impusieran en la dinámica de nuestra relación.

Con el tiempo observé que las opiniones de su familia empezaron a tomar cada vez más importancia. Traté de ser paciente, justificarlos e incluso aceptar mi culpabilidad. Hasta que un día mi corazón se quebró cuando supe que había sido aceptada en la maestría, en una gran universidad donde los procesos de admisión eran demasiado rigurosos, y mi buen partido me dijo: «Con lo tonta que eres, creí que no te aceptarían. Marta, tú y yo sabemos que eres una niña mimada y no muy brillante que digamos. Te amo y te acepto como eres, pero ambos sabemos la verdad, aunque hagas esa maestría en el extranjero ¿qué cambiará con respecto a lo que ahora eres? En cambio, podría afectar mucho la relación. Me gustaría que consideres hacer esa maestría en la universidad que gustes, aquí en México. Incluso quiero que sepas que mi familia y yo podemos pagarla con todo gusto».

Estas palabras y este último tiempo juntos me hicieron dudar de mí y, en lugar de aceptar esta propuesta, decidí huir no solo en cuerpo, sino también en alma. Aun con la disconformidad de Luis, decidí seguir adelante con la universidad que yo había elegido y que me había elegido, aunque conservé la esperanza de que todo volviera a la normalidad y él me apoyara de genuina manera. Sin embargo, el día que nos despedimos en el aeropuerto lo hizo con egoísmo, dejándome ir con el dolor de pensar que lo abandonaba a él, cuando en realidad me iba porque me estaba esperando una de las oportunidades más importantes de mi desarrollo académico.

Confundida al principio, traté de esperarlo, pero comencé a observar diversas situaciones llenas de nuevos conocimientos. El acento, las ideas innovadoras y las mujeres tan diferentes a las mexicanas. Esto hizo que pronto me alejara de todo y empezara a extrañar cada vez menos a «mi buen partido». También fue disminuyendo el contacto con él, pese a sus intenciones de controlarme desde la distancia, de opinar sobre si mi forma de vestir era la adecuada para salir o si los pocos amigos que yo comenzaba a tener significaban cierta amenaza para él. Por suerte, las redes sociales todavía no permitían que controlara mis movimientos por completo.

Unos meses en las hermosas calles de Madrid, que de alguna manera ya conocía, propiciaron que saliera mi instinto solitario y terminara yo pasando la noche con un bello argentino que se encontraba de intercambio en mi universidad. Era tan guapo y simpático que fue difícil sentir remordimiento por mis infidelidades. Desde luego, yo no estaba en busca de algo serio, aunque a mí se me había enseñado que tenía que llegar a una relación seria después de un intercambio sexual. Por esa razón me confundió un poco lo sucedido y en cierta forma estaba esperando a que se diera algo entre este argentino y yo, solo porque tuvimos un intercambio romántico interesante.

Nunca supe cómo decirle a Luis lo confundida que estaba por no querer estar con él y el enorme pavor que me daba quedarme sola o de arrepentirme después. El remordimiento de mi infidelidad hizo que comenzara a sabotear la relación para ahuyentarlo sin tener que darle explicaciones. Al final lo logré con manipulaciones, aunque esto se volvió una sombra que no me abandonó por mucho tiempo.

Es muy difícil quitarse las tantas ideas que de pequeñas nos inculcan, quizás por eso durante muchas noches mis pesadillas reiteraban la de haberme casado con lo que se supone era el compañero más cercano a lo perfecto. Y de esa historia derivaron muchas más: una vida complicada para una mujer, o al menos una vida incoherente, según el segmento social en el que yo me movía, y las esperanzas que toda mi familia tenía puestas en mí.

El tiempo pasó y aquella chica soñadora e imperceptible se hizo invencible después de un tiempo paseando por Madrid buscando terminar su maestría, conociendo los puntos de vista locales y convirtiéndose en una persona que vale por el intelecto y por la capacidad para decidir su futuro. Dejó en el pasado el bello destino que, al parecer, le esperaba si tuviera a su lado un buen partido y comenzó a disfrutar de su soledad.

Las calles de Madrid

Uno de esos días de verano en que me encontraba en la bella calle Serrano, con un clima ideal para disfrutar de una terraza, decidí parar en una y tomarme un tinto de verano en solitario mientras contemplaba la puerta de Alcalá. A mi lado observé a una mujer que me dio la sensación de ser muy libre, muy segura de sí misma, pese a que parecía que la vida la había pisoteado y aun así había sido capaz de salir adelante. Fue tal su magnetismo que por curiosidad busqué una plática casual con ella, una charla que me permitiera saber más de su mundo e ir más allá de lo que había podido ver de lejos. Me sorprendió que de forma muy amable me invitara a tomar un buen vino Ribera del Duero, que por supuesto yo con gusto acepté, pues compartir aquella bebida era una sabia manera de iniciar una intensa conversación.

Entre varias copas de un buen balanceado vino, tabacos que ella liaba de manera perfecta y muchas sonrisas casuales, en nuestra conversación surgieron temas más personales. Yo le conté muy poco de mí, pero admití que me sentía muy asustada por haber decidido dejar a quien pudo haber sido un buen partido y ella pareció alegrarse de que lo dejara y me decidiera a buscar por mi cuenta una vida antes de compartirla con alguien más.

La tarde era perfecta y su energía me invitaba a permanecer ahí, dejar pasar el tiempo en complicidad, contarle un poco más de mí y querer saber más sobre su misteriosa personalidad. Cuando cayó la última gota de vino, el entusiasmo nos llevó a pedir unas cañas, por lo que el mesero nos trajo también unas raciones de jamón ibérico, queso curado, pan con tomate y aceite de oliva puro, que nos animaba a quedarnos un tiempo más. Por si fuera poco, al terminar las cañas nos mandaron unos orujos de la casa que nos terminaron de flipar, como dicen en ese bello país.

Al segundo orujo, que pedimos por cuenta propia, la noté con ganas de contarme algo de ella, de decirme de dónde venía, como si no pudiera salir de aquel lugar y solo estuviera ahí prestada. Fui incisiva al preguntarle el porqué de su nostalgia y entonces, sin esperármelo, comenzó a contarme la historia de sus días que entonces se convirtió en parte de los míos.

—Princesa mexicana, espero no te moleste todo lo que te voy a contar, ya que cada vela debe aguantar su palo. En algún momento yo tuve esa belleza natural que tú tienes, esa que depende de las ganas de vivir y de honrar la vida. Igual que tú, tenía ganas de comerme el mundo y, por curiosidad, les aceptaba chupitos a personas desconocidas. Todo iba bien hasta que me comenzaron a llegar propuestas tentadoras para acceder a lo que se considera importante para esta sociedad, en cuanto a posesiones materiales.

»Yo no entendía que mi atractivo físico y mi elocuencia serían factores para que personas sin escrúpulos quisieran tomar ventaja, utilizarlo e influirme para usarlo en actos que a ellos les hacían ganar pasta y a mí me robaban la energía. Era demasiada intensidad, como si de repente dejaran una bella y delicada flor demasiado tiempo expuesta al sol.

»Al hacer caso a esas personas, que en principio me mostraron un mundo de lujos y de placer, mi vida comenzó a girar de una forma que describiría como una espiral sin final. En un principio todo era divertido con mis amigos, las aventuras que vivíamos me hacían ver como la tía más pija de Madrid y que alcanzaba con facilidad todo lo que había querido. De a poco, la confianza y los ambientes hicieron que terminara como bailarina exótica en un lugar exquisito, lleno de gente con mucha pasta.

»En ese momento me pareció divertido, una nueva forma de ganarme la vida, pero también de engañarme, pues creía que no tendría sexo con nadie y que solo se trataba de tener un *alter ego* y ser condescendiente con mis nuevos amigos, quienes prometían que iba a molar. Por otro lado, era la forma de no pedir más favores a mis padres, a quienes apenas les importaba si yo regresaba a la casa. Quizás en verdad fui perezosa y no busqué otras alternativas.

»Ser bailarina exótica me cambió la vida desde el primer día. Conocí a otras mujeres entrañables que me enseñaron mucho de la vida, del sexo, del amor, de la lucha, del hambre por seguir adelante. Meterme en su mundo fue fácil, ya que bailar era la única forma de alcanzar la vida que habíamos soñado.

»Al involucrarme con las otras bailarinas también me di cuenta de la infinidad de hombres que visitaban esos lugares, sobre todo extranjeros que viajaban por negocios y huían de la rutina. Ellas me contaron que algunas de ellas ya habían empezado a tener sexo para ganar un poco más como amantes sometidas a las fantasías de estos hombres, que en sus hogares hacían creer que todo marchaba perfecto mientras andaban en aquellos lugares rojos, como el color de mi curiosidad.

»Un par de veces llegaron unos tipos muy guapos, a quienes les tuve que bailar y a los que empecé a follar también para experimentar y, la verdad, para ganar más pasta. Follar hacía la diferencia en muchos euritos y también me hacía la más pija de todo mi círculo. Recuerdo esas noches como sinceras, igual a aquellas mujeres que quizás ya no estaban buscando nada, en cuanto a placer y libertad, que las demás buscaban a escondidas. La mayoría aprendía a disfrutar, a sacar lo mejor o por lo menos a sobrellevar el curro.

»Aparte de nuestro exótico trabajo, solíamos divertirnos juntas. En una de esas, salimos de marcha y paramos en un excelente lugar. Me parecía fenomenal que saliéramos todas, ya que después de todo nos merecíamos ir a un lugar más decente después de tanto curro y tantos escenarios. Además, la mayoría de las veces no pagábamos nada y hasta ganábamos novios de varios días que nos servían como entretenimiento. Era una vía sencilla de ganar mucha pasta.

—Por cierto, tú serías una gran bailarina, zorra, ganarías mucho dinero. Si te parece, te puedo conseguir un excelente lugar —me dijo.

Me reí y me aventuré a preguntarle si continuaba en ese negocio.

—Pues claro, aunque ya no bailo, solo ofrezco mis servicios sexuales —me contestó con sinceridad—. Cada vez me pagan menos o quizás tengo menos sensación de ser la mejor para el curro. Hay muchas tías guapas nuevas en el negocio, mucho más jóvenes y eso me afecta. Aunque, hombre, es parte de andar en el camino.

Le mencioné algunas posibilidades de conseguir otro trabajo y su cara de desencajó.

—¿Por qué quieres creer que me salvas? Hace unos meses me pasó algo con varios personajes curiosos que me hicieron ver que da lo mismo estar en este curro o tratar de ganarse la vida como mujer y liarse a otro tipo de negocios.

»Nunca he de olvidar la cara de una chica que conocí: la triste Sofía. Tampoco el intercambio de experiencias que tuve con ella, que me hizo ver la hipocresía social y el rincón sin salida en el que nos encontramos muchas mujeres.

Mis ojos le mostraron interés para que siguiera contándome. Entonces comenzó a fluir una de las tantas historias verdaderas de mujeres que ella conoció, un relato que yo tampoco podré olvidar.

La triste Sofía

Amanda, como se llama esta guapa española, se preparó para hablarme sobre aquella mujer. Entre orujos, que hacían su boca más suelta, empezó a relatarme la historia de sus romances a deshora, pero antes sus ojos se iluminaron con el ocaso del sol y yo pude ver en ellos su propio ocaso de felina nocturna.

Una noche, mis nuevas amigas y yo quisimos alejarnos un poco de la realidad. Íbamos de punta en blanco y nos fuimos a meter en los mejores bares de esta maravillosa ciudad. Hacía frío. En un bar de moda, lleno de gente a la que llaman «linda», llegaron varios tíos, ya por los cincuenta y muy bien arreglados, con varias chicas con las que al parecer estaban en una relación. Uno de ellos, que iba sin pareja, nos empezó a dar plática y a invitarnos los tragos más caros, algunos tan costosos que rayaban en la estupidez. De inmediato, mis amigas pusieron el anzuelo y yo me quedé intrigada, ya que ellos se veían demasiado ostentosos.

Para mí era común y natural ver una pareja de un hombre de más de cincuenta años y una chica de no más de veinticinco, solo que esta vez noté algo más de la dosis de sumisión por parte de la chica, junto con la peculiaridad de que, en cierto modo, estaban enamorados. Se llamaba Sofía. Distinguí, por el acento, que era colombiana, y me sentí orgullosa de su belleza y de sus raíces. Nos invitaron a su mesa, que estaba iluminada desde el piso y esto hacía que todo se viera mucho más sensual, como un escenario que nos preparaba para dejarnos llevar en colectivo.

Entonces empezaron a beber como gilipollas, mis amigas y yo también. La pareja que había llamado mi atención quiso liarse conmigo. Él más, que se veía convencido; ella, solo complaciente. Al principio la percibí celosa. Hombre, claro, yo era mucho más linda; supuse que no le quedaba otra más que aguantar. Seguro era la amante y tenía que tolerar los vaivenes y complacer los deseos oscuros de su poderoso enamorado. Mis amigas perdieron el control con tanto trago y yo terminé perdiéndolo también, así que acabamos todos en el departamento de uno de aquellos hombres, que de esta manera nos habían sabido atraer.

El departamento estaba lleno de lujos y la cantidad de cuartos lo hacían parecer un burdel de alta gama. Todo parecía tan divertido que por momento nos acercamos a la sensualidad del poder. Vi entonces que se quitaron la ropa y comenzaron un espectáculo poco conocido. Me contagié del morbo y decidí continuar hasta las últimas consecuencias. La pareja que me había coqueteado me quería a mí en exclusiva, fueron arrinconándome, llevándome a una de las exquisitas habitaciones e invitándome a participar en su rutina sexual.

La chica solo miraba y yo me dejaba llevar. Le quité la ropa a ella mientras él nos observaba. Luego empezó a besarnos a las dos, a tocarnos todo con torpeza y a desvestirnos con ineptitud. Me di cuenta de que ni siquiera sabía tocar a una mujer; solo quería creerse más hombre, pues no sabía serlo, y penetrarnos sin buscar más placer que la satisfacción de sentirse poderoso, más poderoso que en Colombia. Además era un completo irresponsable por querer hacerlo sin goma.

Yo puse mis reglas, pero la otra chica no; al contrario, se sometía a las de él. Así que decidí tomar distancia y ver cómo la penetraba sin sutileza, ternura ni experiencia. Sofía lo amaba, pues lo miraba con ternura, con amor del bueno o no sé si del malo. Lo que sí sé es que era con el amor que le habían enseñado y que en realidad se traducía en no saber amar.

Mientras tanto, desde el balcón de la habitación en la que estaba con la pareja, en la planta baja vi a mis amigas flipadas con los otros hombres. Con mi serena desnudez abrí una botella de champaña (bastante fina, por cierto) para celebrar lo mucho que me importaba todo lo que estaba pasando. Las burbujas me hicieron un poco más de efecto. El tipo dejó a su enamorada y me "atacó" a mí. Para que terminara rápido, le puse un preservativo y dejé que me follara, mientras la otra me veía sin que pareciera. Cuando me follaba sobre la repisa de un escritorio, le sostuve la mirada a ella mientras yo me mantenía ausente del placer, cuestionando la actitud de esta mujer sometida que aceptaba todo con tal de estar ahí, aunque era obvio que aquello no la hacía feliz.

Además de tenerla pequeña, el gilipollas este ni siquiera resultó rinconero. Tuve que cargar con el muerto, de modo que terminó rápido y se perdió en su sueño ebrio. Desde la ventana de la habitación, observé a mis amigas irse desnudas a la piscina, parecían sirenas y todo lucía como elementos decorativos de mi escenario.

—¿De dónde eres? —le pregunté a Sofía cuando nos quedamos a solas.

—¿De dónde eres tú? —me dijo con muchos humos.

—De un pueblito conservador de España en cuya sociedad me dijeron que no debía hacer estos actos decadentes que hicimos. ¿Y tú? —le volví a preguntar.

Ella respondió con cierto miedo de que averiguara demasiado sobre ellos.

—*Soy de Bogotá y no sé por qué hice lo que hice. No sé ni siquiera por qué estoy hablando con una vulgar prostituta como tú.*

—*No tienes que contestar a la defensiva, cariño* —le dije, riéndome con ternura—. *Yo no soy la que sale de picos pardos con su enamorado. No pretendo ayudarte ni ser tu psicoanalista, pero al igual que tú estoy aquí por una razón: porque me cansé de tratar de ganarme una vida que parecía que nunca iba a llegar.*

»Encontré este oficio del que todos pretenden que está mal y te das cuenta de que la demanda es inobjetable, puesto que es una tarea sencilla muy redituable. Asimismo, aunque existan muchos riesgos, uno va agarrando práctica para aprender a cuidarse y hacer lazos con otras chicas para protegernos entre nosotras.

»Lo que me da curiosidad es por qué estás tú aquí, tan bella, tan llena de aparente pureza. Tú, que te conformas con ese hombre que ni siquiera se ama a él mismo y quien, además de traerte mal vestida, se folla a otras; no por fantasía o por darte placer, sino por puro egoísmo. Eso me pregunto.

Ella dejó de mantenerse en sus trece y se echó a llorar.

—*No sé qué hago aquí* —me dijo entre lágrimas—. *Estoy aquí porque ya no hay marcha atrás. Ya no sé quién soy y no sé en qué momento me convertí en esto. Bueno, sí sé. Hace un par de años me vino la oportunidad de un ascenso en el lugar en que trabajaba, así que tuve una entrevista en la oficina de un empresario muy respetado, a quien había visto en muchas juntas mientras yo servía el café. Ahí noté que sus ojos se quedaban viendo de una forma morbosa cada parte de mi cuerpo.*

En esa entrevista sentí su abrazo chévere y su sonrisa también, pero algo me daba la sensación de que debía ser cautelosa. Después entendí la razón de mi intuición.

¿Quiero saber si te gustaría un ascenso para trabajar como mi secretaria? —me dijo y esa fue la primera pregunta para el ascenso en mi trabajo.

Le respondí que tenía un hijo, que era madre soltera y que tenía la ilusión de hacer algo para dejar un mundo mejor para mi pequeño, a quien quería darle la mejor educación y las mejores oportunidades. No le comenté que la verdad era que su padre es un irresponsable que después de embarazarme comenzó a trabajar en cosas ilícitas, con narcos, según me dijeron. Un día desapareció, lo levantaron por bocón. Creo que lo mataron porque desde hace más de tres años no sabemos nada de él. Pero esto es algo usual que pasa en Colombia y entonces la gente calla con complicidad ante la injusticia.

—¿Te interesa que tú y tu hijo tengan una vida mejor? —fue la segunda pregunta que me hizo.

Hubo algo en su voz que me dio cierto temor de responder, pero por otro lado creí ver cumplido el anhelo de estar protegida y le dije que por supuesto me interesaba. La tercera pregunta que me hizo fue si me gustaría festejar mi promoción en Cartagena. Yo ni siquiera sabía dónde estaba exactamente Cartagena, de inmediato mi miedo me impidió responder, me quedé callada.

Con una mirada firme y una voz segura, me dijo que él había percibido algo especial en mí desde el momento en que me vio por primera vez en los pasillos de las oficinas del trabajo; que sentía ganas de protegerme y por eso me pedía que lo pensara, porque no iba a pasar nada que yo no quisiera y que para él sería un honor que yo aceptara.

Salí de allí tratando de controlar el miedo que sentía y me fui más temprano de lo normal, pensando que debía renunciar, pero cuando llegué a casa y vi a mi hijo cuidado por una abuela que apenas le daba atención y que nos reprochaba a cada segundo hacerse cargo de él, lo pensé. Lo pensé sin poder dormir, sin poder soñar.

En la madrugada fui a la habitación de mi hijo, quien dormía con los pies fuera de su camita de tanto que había crecido. Me sentí tan impotente y desesperada de verlo así, pues no tenía para comprarle otra, que comencé a desear tener de la manera que fuera a quien me ayudara a salir de toda esta situación que me ahogaba.

No solo era eso, apenas podía pagar sus estudios. Trabajar y criarlo era demasiado difícil, tenía que dejarlo con familiares que poco me querían y no me bajaban de objeto sin valor por ser madre soltera o tenerlo en guarderías de poca monta.

Se me vinieron todas esas razones a la cabeza. Esa noche sin dormir decidí levantarme de la cama más temprano de lo normal, en un día gris que auguraba el color de mis siguientes días. Abrí mi pequeño vestuario y elegí una falda muy pegada, que por lo regular no usaba, unos zapatos un poco más altos de lo normal y usé más maquillaje, aún más.

Fui a dejar a mi hijo a la escuela y observé una vez más lo bello que era, sus hermosos ojos, que me daban toda la razón para hacer lo que estaba a punto de hacer.

Como habíamos acordado un día antes, volví a ver a don empresario en su oficina. Le dije que sí y se alegró mucho, me felicitó. Desde entonces, además de verlo todo el tiempo en la oficina, me empezaron a llegar muchos mensajes a mi celular e invitaciones para ir a cenar. Al principio me excusé de formas habilidosas. Después comenzaron a llegar rosas y algunas tarjetas semirrománticas de mal gusto. Fue ahí que no supe qué hacer. Sabía que si lo seguía rechazando perdería mi trabajo y cada vez se veía más desesperado y hasta cierto punto decepcionado.

Quería pedir consejo a mis colegas del trabajo, pero en realidad se empezaron a mostrar molestas por mi ascenso, que en verdad era pequeño. Cada vez la gente me miraba con más desprecio y ni siquiera me había ido a Cartagena con este señor. Empecé a tener la sensación de estar sucia, solitaria, desprotegida. Entonces por primera vez encaré lo inevitable y acepté ir a cenar con el que se volvería mi secuestrador.

En la cena él era de lo más amigable, de lo más elocuente. Me decía que estaba divorciado y que se sentía solo. Me dijo los piropos más lindos que he escuchado, me dijo también que me iba a cuidar, que no iba a pasar nada que no quisiera; que desde la primera vez que me vio se había impactado de mis virtudes como mujer. Comencé a verme esclava de la secuencia de sus actos y cautiva de sus colecciones. Todas esas palabras bonitas me hicieron aceptar las botellas de vino que los meseros aplaudían solo por pedirlas, ya que eran demasiado caras. Las horas pasaron y terminé besándome con él. Me dejaba llevar como un papel sin rumbo, escrito con los designios caprichosos del destino.

Perdí el control o más bien dejé que él tomara el control. El alcohol en mi sangre y la poca conciencia que tenía hizo que todo fuera más fácil. Cuando recuperé la lucidez desperté en la madrugada en un hotel de lujo, muy preocupada por haber dejado a mi hijo en la casa de mi histérica abuela, sin avisar ni pasar por él. Me levanté sintiéndome muy culpable, o muerta, no lo supe en verdad.

Le dije que me tenía que ir, pero me abrazó, me colocó de espalda frente a su pecho y comenzó a penetrarme otra vez. En cierto modo me gustó que me tratara como una cualquiera; me gustó esa perversión, esa oscuridad de mí que no conocía; me gustó sentirme más mujer, aunque fuera de la forma equivocada.

Al fin le daba sentido a las caras que me veían con desaproba-ción o como puta en el trabajo, sin siquiera serlo; esas caras de asco que yo no comprendía al pedir auxilio. Al convertirme de verdad en aquello que desaprobaban, me veía por lo menos más congruen-te. Sin saber por qué, tuve un orgasmo que me hizo considerarme secuestrada y perdida del camino que creí conocer. Continué irre-mediable en esta espiral de soledad.

Después de esa noche nuestra historia de amor, los regalos ca-ros, las cenas románticas, los viajes exóticos, los excesos, el mucho sexo y las palabras bonitas no cesaban. Era como un sueño, una fantasía. Había llegado mi príncipe azul, que parecía sapo, pero a quien yo empecé a idolatrar. Me volví su mayor admiradora.

Estaba enamorada de manera irremediable y agradecida con la vida. Sin embargo, ese agradecimiento duró muy poco, porque empecé a bajar del cielo que me había inventado y a dar-me cuenta de que él ya no quería estar conmigo todos los fines de semana y que no tenía la más mínima intención de incluir en nuestra vida a mi hijo Emiliano.

Yo conocía bien su agenda y, de la nada, sus reuniones de trabajo comenzaron a hacerse más largas. Ya no era requerida, mi belleza y mis virtudes se empezaron a ver opacadas por mis celos y mi amargura, pues me sentía engañada por él y por la vida. Todo ese sufrimiento aumentaba al verme juzgada por los demás, al mirar las caras de desaprobación, los maltra-tos, las murmuraciones de pasillo. La mayoría de las personas en mi ambiente laboral me habían convertido en el peor ser humano, en alguien que merecía ser apedreado, no al pie de la letra, sino con sus miradas, actitudes y desaprobaciones. Resulta que para ellos hasta los criminales eran mucho más virtuosos que yo, por andar abriendo las piernas. Eso me fue convirtiendo en alguien invisible y me puso en la bandeja de plata de mi propia lástima.

Las actitudes machistas de mi enamorado se volvieron más evidentes. Él podía hacer de todo y yo tenía que ser de él. Yo creía que lo amaba, por lo que entonces tan solo acepté mi destino. Además de su secretaria, me volví asistente personal de su esposa, de la que se supone se había divorciado, como me lo aseguró el primer día que salí con él. Ya estaba tan adentro de esa situación que, cuando lo supe, no me importó.

A su esposa él la trataba como reina enfrente de mí, por eso quizás ella jamás se imaginó que yo era la enamorada que le hacía sexo oral antes de que llegara a su casa; que lo hacíamos en su auto, que muchos de sus amigos me conocían como su amante y que salíamos de fiesta. Incluso que yo no era la única mujer en su vida, aunque se supone que sí era la más querida y hasta había tenido dos abortos porque a él no le gustaba usar condón y que yo no usara anticonceptivos.

Lo que llamó más mi atención cuando comencé a convivir con su esposa es que ella sabía que no era la única. Quizás sospechó de mí, pero prefirió bloquearlo de su mente para no hacerse más daño; al fin y al cabo ella vivía en una jaula de oro. Él, para compensar todas sus fallas, la liberaba de vez en cuando para llevarla a los lugares más caros y comprarle todas las marcas que usaban las artistas de Hollywood o de la realeza. Compras que podrían pagar la universidad de mi hijo, y en las que yo sé cuánto gasta porque en nuestros viajes yo lo acompaño a elegirlas. Incluso él tiene el gesto de darme alguna cosilla que desentona con toda la demás ropa corriente que tengo y que seguro entonces solo me luce como imitación.

Sofía continuó su historia y yo sentía que debía escucharla.

—Al volverme su cómplice y su amante, también me volví su objeto de bolsillo. Comencé a perder el control sobre mí y me fui convirtiendo en su propiedad. ¿Qué más podría hacer yo con tan pocos estudios?

»Ahora estoy aquí de nuevo para confesar mi angustia. Creo que otra vez estoy embarazada y, si es así, esta vez él quiere tenerlo. No sé si por capricho o para creerse más hombre. También sé que si no le cumplo sus antojos me dejará y no sé qué haría yo si eso pasara. Ya lo perdí todo, hasta mi dignidad.

Después de escuchar a Sofía, mis fantasmas empezaron a perdonar todas mis decisiones. Me di cuenta de que había distintas formas de estar en circunstancias vulnerables donde la dignidad de la mujer es una simple servilleta. Sus palabras me hicieron sobreviviente.

Ella no dejaba de llorar. Esto hizo que su enamorado se despertara en ese momento y le hablara en tono de regaño, jalándola para llevarla a dormir con él; no sin antes tratar de llevarme a mí. No obstante, decidí apartarme, ya que quería hacer algo por ella; quería darle un buen consejo, prestarle mis ojos para que pudiera ver lo que yo veía y las posibilidades que encontraba en ella. Pero ¿cómo podría hacerlo si yo estaba huyendo de mi destino?

Ahora sentía más ganas de huir. No en lo que respecta a experimentar mi sexualidad, sino por no hacer nada por quienes son gobernadas por los prejuicios sexuales y utilizadas a través de sus complejos.

Me fui sin avisar. Llegué a mi departamento y me masturbé para quitarme la tensión. Pensé que era ella. No niego que algo me excitó de todo lo que me había contado. Es más, creo que las caras de asco y gestos de desaprobación de las personas a las que *ella se refirió como compañeras de trabajo en el fondo se debían a que se volvían locas por la represión sexual y las imposiciones, que yo también vivía a diario en el trabajo que había elegido. Al menos yo tenía independencia para decidir qué papel jugar.*

A partir de ahí trato de seguir mi vida normal, pero algo me lo impide, ya nada sacia mis ganas de enfrentar mi pasado o morir en vida en este presente.

—¿Y cuáles son tus problemas, cariño? —me preguntó de repente Amanda, con los ojos humedecidos, luego de contar la historia de Sofía. Me sentí incómoda, pues reconocía que no tenía problemas como los de ella.

—Yo tengo dudas sobre jugar a ser la esposa —le dije con sinceridad—, la mujer recatada o, peor aún, la madre. No sé si quiero esas cosas o si las quiero a mis tiempos. He estado lejos, he tenido todas las oportunidades y ahora no sé si inventarme el doctorado con tal de no regresar. ¿Qué va a decir la familia si regreso con todas estas ideas? Seguro que si seguía sin decidir qué hacer con mi vida se me iba a oxidar la posibilidad de ser madre. Me fastidia la idea de que se metan con el uso que le doy a mi matriz y a mis anhelos. Por eso estoy aquí y sé a la perfección por qué aún no regreso a mi país.

—Bueno, cariño —empezó a decir, mientras liaba el último cigarrillo—, esos son problemas de lujo, dejar la tradición de ser más chulo que un ocho. No sabes el bien que me ha hecho todo esto. Ver tu carita mexicana por alguna razón me recordó a la triste Sofía y que me digas eso me hace pensar que muchas mujeres en distintos tipos de escenarios se encuentran desafiando sus propios roles. Algunas saben cómo hacerlo y otras quedan en manos de mercenarios de la dignidad.

»Se te ve el plumero, creo que en ti misma hallarás la respuesta. El simple hecho de estar aquí escuchando mis historias te hace una mujer que a través de su propio conocimiento logrará saber qué es lo que de verdad quiere. Espero que te vaya bien, que tengas una vida linda y que, ante todo, recuerdes que tu mejor historia es la tuya, guapa.

»No tengas miedo, seguro que ya no eres la mujer que se fue de su país. Sabrás qué es lo que quieres, pero esa respuesta es solo tuya y el tiempo lo definirás tú misma. No debe haber presiones sociales ni nada externo a lo que tu ser te dicta. Sigue mi consejo, hazlo por Sofía, hazlo por mí.

Se levantó, de repente, dejando un arrugado billete de cien euros. Me miró, me dio dos besos y me dijo que tenía que volver al curro. La vi alejarse, apresurada, moviendo de una manera sensual su bella silueta hasta que la perdí de vista entre las calles que llegan a la Puerta de Alcalá.

Quedaban pocos días para que acabara mi tiempo en Madrid. Se aproximaba el momento de regresar a México, pero por lo pronto esta historia me había mostrado nuevas dimensiones que me ayudaban a buscar mi propio camino.

Regreso a México

Regresé a México para buscar el trabajo soñado por la sociedad y para no verme fracasada después de tantos años fuera y de tanto estudio. Al principio fue muy duro, ya que no quería aceptar la ayuda de mi padre para conseguir trabajo. En la mayoría de las entrevistas algunos tipos se me quedaban viendo los senos o las piernas; o me preguntaban sobre mi experiencia, pero no me daban oportunidad de tenerla.

Algunas de las mujeres que me veían llegar se incomodaban por mi belleza exótica. Trataban de ser bastante amables, pero nada productivas para encontrarme algo en lo que pudiera contribuir. Evitaban que tuviera contacto con las figuras masculinas de poder.

Cuando se me quedaban viendo como si todas las mujeres logran un cargo solo por ser bonitas y acostarse con alguien, entonces me dije que si de eso se tratara cualquier mujer podría ser dirigente de las Naciones Unidas. Tantos lamentables prejuicios que aún encontraba en los ambientes sociales me hacían querer irme de nuevo. Sin embargo, sabía que ese no era problema de mi país sino de la doble moral social que existe en cualquier parte del mundo y mucho más en países en vías de desarrollo.

Mi mamá me aconsejó que no mostrara demasiada seguridad y que les hiciera pensar a todos que no tenía tantos estudios y que no era demasiado inteligente. Eso es lo que en México llamamos «navegar con bandera de pendeja». Estuve a punto de tomar este consejo, pero antes pensé que era darle la espalda otra vez a todo lo que viví fuera y todo lo que aprendí en mis viajes solitarios. Era darle la espalda a la historia de la triste Sofía y a la petición de Amanda de no dejar de ser yo misma.

Todo mi círculo cercano tenía el mismo discurso para mí sobre las mismas expectativas de seguir la misma historia. Me hacían muchos cuestionamientos de mi vida gitana, me observaban con muecas discretas y me juzgaban por mi falta de estructura cotidiana.

Mi familia estaba feliz de tenerme de regreso. Mis exgalanes estaban a la expectativa de recuperarme y mis tías acaudaladas ya me tenían prospectos para casarme. Era como una necesidad excesiva de conservar el linaje. ¿De qué? No sé, pero linaje al fin. Por esta razón la bienvenida no fue tan buena. Sin embargo, eso se compensaba al caminar por las calles de mi México. Era tan refrescante ver la sonrisa de la gente; la amabilidad, sin importar la posición social; que me dijeran güera, aunque no lo fuera; que me trataran como una princesa; que me brindaran tanta nobleza.

Como siempre, México se encontraba muy fregado, pero lleno de belleza, riqueza, historia, posibilidades. Además, el clima: continuo y maravilloso, con tantos lugares en donde perderme y tantas cosas al alcance de la mano. Un país que lo tenía todo pese a sus contradicciones. Infinidad de opciones que todos los extranjeros tenían que envidiar.

Con la sensación de estar inmersa en semejante majestuosidad, a pesar del contexto social, concluí que estaba bien tomar un respiro de mis bellas raíces, como lo toma el gran volcán Popocatépetl cuando duerme antes de manifestarse frente a todos con su imponente presencia.

Adonis

En una de esas fiestas a las que asistí a mi regreso a México, me encontré a un hombre que parecía de buen corazón, distinto a todos los que había visto. Sus ojos sensuales reflejaban una irresistible pureza que me volvió loca y me envolvió en una historia de amor mediocre, de esas que se traducen en la conformidad de encontrar a alguien solo para entretener a la soledad.

Duró lo que tenía que durar, aunque menos tiempo del que pensé debido a que de inmediato me percaté de que prefería pasar más tiempo con su mejor amigo. Comprendí que tocarme como mujer era más un acto de pureza que de placer, percibí que me veía como una musa y no como su diosa sexual. Empecé a imaginarme situaciones impropias de la persona con la que compartía una relación de pareja: sospechas de sus preferencias. Y en mí, que no soy muy dada a explorar en los alcances de mi curiosidad, se despertaron las ganas de descubrir la verdadera esencia de su ser.

Una noche me valí de toda mi experiencia, sin miedo, sin tabúes. Quería encontrar la verdad. Hice una cena llena de elementos afrodisiacos: fresa, chocolate, mejillones al vino blanco, carne macerada en una salsa de Malbec; helado de maracuyá, que nos limpiaría la boca y la dejaría fresca; además de bastante champaña, que nos subiría la temperatura de a poco. A la cena invité a uno de los amigos homosexuales que conocía desde mi romance de verano en París, quien estaba de visita en la ciudad.

Por nuestra gran amistad, confianza y complicidad, mi amigo estuvo de acuerdo para ver hacia dónde nos llevaba esto.

En definitiva, él se sentía como yo en ese momento, muy relajado y ansioso de saber qué sucedería. A decir verdad, esto le divertía y su instinto le indicaba que valía la pena indagar más sobre mi sospecha.

David, mi acompañante, se encontraba un poco incómodo en la cena. La presencia tan atractiva de mi amigo que era como la escultura del *David*, pero vestido de Ferragamo. Para ser sincera, en ese momento tenía la esperanza de que me hiciera una escena de celos en lugar de volverse admirador de mi bello amigo. Así que se fueron dando las cosas.

Entre la comida, el par de botellas de champaña, la música sensual, la plática picante y la belleza de mi amigo la noche nos llevó al juego de la seducción. Así fue la primera vez que observé de cerca su verdadera furia sexual. Comenzó una espiral de amor de tres, ya que entre nosotros había un tipo de amor puro que no cambiaríaĺ nada solo por la experimentación física. Aunque a decir verdad no sucedió nada entre mi amigo y yo, tan solo fui la asistente de la noche para relajar las cosas.

Al día siguiente, ya que mi amigo había salido a disfrutar de la ciudad, nos quedamos mi todavía novio y yo solos, sabiendo que esto era el término de la relación. Él era una persona que había decidido querer y nada cambiaría eso; creyó que lo iba a minimizar y a juzgar. Yo le dije que siempre lo querría sin importar nada, que siempre me tendría, que no había nada que lamentar, que no pretendiera ser algo que no era, que solo enfrentara a la sociedad con lo que su interioridad le pedía experimentar y ser. Él era una persona a la que muchas otras, con miedo a lo desconocido, juzgaban como enfermo o equivocado moralmente.

Yo sabía lo que era ser vista, aunque en otro sentido. Le pedí que se atreviera, que no se escondiera más, que en otros países eso era parte de una sociedad madura y abierta; que en cierta forma eso traía progresos sociales.

Sincerándose más, me contó que lo habían mandado al psicólogo, que su madre lo consideraba un enfermo y que incluso lo llevaron a hacerse limpias espirituales para quitarle esas cosas del demonio y que duele mencionar. ¡Hasta dónde había llegado la ignorancia y la desinformación por no querer afrontar nuevas ideas y formas de vida! También me contó que, años antes, intentó suicidarse y en ese momento fue que lo dejaron un poco en paz, aunque este suceso lo hizo quedarse en un lugar de neutralidad para no seguir desmoronando el núcleo familiar. De hecho, nuestro breve noviazgo había sido una bonanza para su familia.

Me relató historias que uno piensa que se han quedado atrás y en realidad siguen presentes. Me hubiera gustado quedarme ahí con el príncipe del cuento, que en verdad buscaba otro príncipe y simpatizaba mucho más con la idea de un cuerpo varonil que de mis exuberantes caderas.

El hecho es que este mundo estaba lleno también de diversidad y de gustos; no es algo que se pueda ocultar aunque desde la infancia lo traten de contener con represiones que terminan siendo inútiles con el tiempo, saliendo a relucir o quedando refrenadas mediante una vida dañada, llena de amargura y frustración. Si a través de estos cuestionamientos nos dictan qué hacer, entonces ¿para qué nacer?, ¿para qué vivir?, ¿para qué experimentar?, si al final a todos nos tiene que gustar lo mismo. Parece que nacemos muertos y solo sabemos vivir de a ratos. Vivimos cuando somos y en ese momento la muerte nos puede llegar con dignidad.

Para sobrevivir, la sociedad nos reprime y nos mata con lentitud; forma individuos frustrados y desinformados, que al conformarse se encierran en un mundo de improductividad y represión de los verdaderos ideales.

Al principio dejé que esta historia de amor me volviera loca, como les había ocurrido a todas las demás mujeres que conocí, que enloquecieron por un hombre. En la supuesta tristeza que me podían generar sus preferencias sexuales, que hacían que lo nuestro no funcionara, mi antídoto era toda la vida que traía detrás; medicamento que me hizo entender que aunque este amor que sentí no se trataba otra vez del cuento que salvaría la historia de mi vida, y que por el contrario me daba una lección, me seguía sintiendo con la tranquilidad de conocer mi pasado y de recordar todo lo que me permití experimentar.

Entonces, en el final inusitado de esta experiencia me gané a uno de mis mejores amigos y, de paso, la emoción de seguir probando y de pensar que mi conformismo se había manifestado contra mí para mostrarme tan solo las ganas de vivir sin prejuicios y sin odio, esa palabra que tiene enfermo a todos los que temen a lo diferente y destruyen todo por miedo a lo que no conocemos.

Recursos humanos

Cuando por fin pude encontrar un trabajo, me acordé mucho de Sofía, la bella colombiana de la que me contó Amanda que estaba con aquel poderoso empresario, por lo que entré muy cautelosa del círculo que me rodeaba. Para mi sorpresa, hallé personas de la vieja escuela, hombres que me trataban con buenas prácticas que incluso creían en el trabajo de las mujeres y las apoyaban y respetaban. Eso me dio esperanza, me hizo juzgar mucho menos.

El que llegó a ser mi jefe me pareció una persona muy respetable. Me alegró saberme valorada en mi trabajo por una persona de tanta trayectoria, más allá de temas de género, aunque me hubiera gustado ver a más mujeres ocupando cargos de poder, en lugar de tener colegas competitivas aceptando normas patriarcales para crecer a toda costa.

También observé muchos escenarios donde todo giraba en torno a demostrar el poder. Me sentía culpable de tenerlo todo y a la vez nada, de tener un padre que tenía cientos de empleados a los que explotaba y que no le importaban un carajo sus vidas ni sus condiciones; un padre que solo quería preservar el estatus casándome con un buen muchacho y quien me enseñaba a distinguir que en el personal que trabajaba con nosotros había niveles que tenía que respetar; un padre que no entendía mi afán de trabajar y menos en un lugar donde se pudieran cambiar las cosas.

Mi padre consideraba que los más preparados eran los que estaban en los mandos altos y todos los demás solo eran empleados invisibles de una institución, identificados con un número, y quienes en cada cambio gerencial su estabilidad se pondría a prueba no por su desempeño, sino por su falta de influencias dentro del nuevo equipo. No importaba tampoco descontinuar proyectos en verdad ambiciosos y beneficios con tal de adaptarse al juego de las políticas públicas de turno, terminando así en un círculo vicioso de procrastinación del bien común.

Al enterarse de que yo había entrado en este mundo laboral, mi padre me comentó que utilizaría sus influencias para dejarme en una posición donde me pagaran bien y estuviera protegida de peligros. Eso era justo lo que no quería, negarme a la posibilidad de comenzar de cero, con el pleno derecho de hacer mi propio camino. Por lo demás, en mi vida personal no tenía nada mejor que hacer, todos los tipos que me presentaban para casarme eran superficiales, con un tono presuntuoso de voz que, por su forma de arrastrarla, no entendía; una tonadita como para diferenciar a los nacos de los fresas.

No me identificaba con aquello, pero debo reconocer que me costó oponerme por miedo a ser rechazada por las personas de mi supuesto mundo. Hiciera lo que hiciera nunca fui del todo aceptada. Entonces no sé para qué tanta preocupación de mi parte por ser aceptaba por los demás en lugar de aceptarme a mí misma.

Jerarquías

Al entrar por fin de lleno a mi nuevo trabajo en México, mi principal etiqueta era la de una mujer que quizás no tenía necesidad de trabajar y que era afortunada por no tener que aguantar con la cabeza siempre agachada los malos tratos de los jefes. Me di cuenta de que no era culpa de la gente sino de los líderes, que se vendían con superioridades y jerarquías exigidas por el poder y no por el verdadero liderazgo.

Fue una experiencia muy interesante estar dentro de esa gran empresa, observar tan de cerca la falta de fe en todos los líderes de la organización, que trataban con total desprecio a sus empleados, como máquinas y no como seres humanos. Comprendía el tremendo sentimiento de la gente, que se sentía como un árbol que no crece más en una tierra árida donde ni siquiera queda agua para regar, aunque sí las había para algunos pocos.

Allí todos teníamos que usar lengua de terciopelo o, en el mejor de los casos para evitar frustraciones, castrarse la dignidad de la voz, dejar de lado las clases de moralidad, la importancia de qué tan zorra era una mujer en contraste con la poca relevancia de qué tan patán podía ser un hombre. Las mujeres tenían que aguantar todo tipo de comentarios, miradas, bromas sexistas, humillaciones e incluso acosos, que al final se resumían en que si al jefe le gustabas, aunque no hicieras jamás nada, o renunciabas o eras una fácil.

En un mundo de sobrevivientes para mí siempre fue fácil sobrevivir; pese a que me daba tristeza cómo las mismas mujeres entraban en un juego de destrucción entre sí y cómo vivían atadas a sus prejuicios determinados por las reglas del juego de un mundo machista.

Esta no era la situación de todas las empresas, pero sí un contraste del ambiente laboral en el que aún había una notoria carencia de una verdadera gestión de la diversidad, así como de la prevención de la discriminación laboral; conceptos que parecían ser un lenguaje nuevo para nuestra empresa y que, a falta de traducción, no podíamos sentirnos en un estado de seguridad en nuestro ambiente de trabajo. Los recursos humanos podían llegar a sentirse deshumanizados por la falta de empatía y esto era tremendamente decepcionante.

Se repite la historia aburguesada

Una noche salí con mis amigos a uno de los mejores antros de la ciudad. Los vi beber por beber, cantar por cantar y bailar por bailar. Los escuché criticar a todos y comencé a aburrirme tanto que lo único que se me ocurrió fue tomar para divertirme. Me reí de muchas de las cosas que decían y empecé a visualizarme con cierta popularidad, a integrarme a un espacio con comodidad y a pertenecer a él.

Esa noche me presentaron al hijo de uno de los empresarios más importantes de México. Era muy bien parecido: ojitos verdes, facciones europeas que demostraban que su linaje era de un nivel superior, según los estándares absurdos de nuestro círculo social. Se me acercó muy seguro de sí y debo admitir que al principio me cautivaron sus ojos, pero al pasar la noche sus historias prefabricadas y las perfectas anécdotas repetidas de su vida social me empezaron a incomodar, a aburrirme y me desesperaba escucharlas. Además me pareció del todo asexual, no por prejuicio, sino por su falta de personalidad.

Se me hizo muy fácil continuar con la noche divertida. Decidí seguir, pero esta vez sentí que con la bebida que él me había dado me pasaba diferente, me dio un sueño repentino. Parecía que la bebida tenía algo más, pero no quise hacer caso y solo pedí que alguien me llevara a mi casa. Todos me dijeron aguafiestas y el único que se ofreció fue este tipo, al que todas las demás mujeres le pedían un poco de atención. En el transcurso mis sensaciones eran tan raras que le pedí que me llevara a un hospital, pero él me comentó que me hacía falta descansar. No desconfié, pues él era parte de un círculo social donde aparentemente podía tener a cualquier mujer que quisiera a su lado.

Con miles de trabajos, me subió a mi departamento. Yo apenas podía coordinar mis palabras y moverme. Lo único que quería era dormir para siempre. Recuerdo también con pocos destellos que de repente él me desnudó y se puso encima de mí para penetrarme con cara de loco, sin expresar nada, quizás solo la burla de poseerme. Era un objeto más. Quizás por tenerlo todo se divertía menospreciando a las mujeres, pues tenía confianza en su círculo social vacío.

Al final se supone que era parte del círculo de mis amigos que eran de toda la vida y este era uno de los hijos de los empresarios más acaudalados y respetados de México. Hubiera sido impensable que algo así pudiera pasarme y sufrir esta agresión de su parte.

Cuando desperté al otro día, estando totalmente desnuda y sola, me di cuenta de que mis predicciones habían fallado otra vez por mi estupidez. De nuevo me sentí culpable y asqueada de verme envuelta en una situación así, de tener que comprar pastillas del día siguiente para evitar un embarazo, ya que no me acordaba si se había protegido, y hacerme pruebas de transmisión sexual. Todo esto sin haberlo disfrutado.

Él debió saber que con menos alcohol, pero con una actitud más segura y determinante, quizás me hubiera llevado a la cama por placer. Aunque quizás eso lo hubiera asustado o le habría impedido tener una erección. Ver a una mujer disfrutando, explorándose, lo habría minimizado y desanimado en el sentido sexual. Tal vez por eso terminó en mi cama sin preguntarme y a la vez sintiéndose amo y señor de mis deseos, etiquetándome de fácil por haber bajado la guardia en un círculo de confianza.

Esta última violación me hizo burlarme de lo fácil que era ser expuesta desde los contextos más austeros hasta los más acaudalados. Ser mujer tenía el mismo significado en la mayoría de los círculos sociales: ser mujer, solo serlo, era nacer con menos derechos y privilegios. Ser mujer en cualquier contexto con estereotipos de género es un símbolo de inferioridad. Todo esto me hizo comenzar a tomar acciones para huir de nuevo, pero esta vez a un contexto en donde pudiera liberarme de mi propia culpa.

Estuve esperando mis resultados de transmisión sexual, que descartarían por el tiempo transcurrido cualquier enfermedad. Todo me dio vueltas, tenía varios amigos que habían padecido alguna y vivían como si nada, pero yo me sentía con la rabia de haber sido contagiada por un egoísta. Por suerte no resulté VIH positivo ni nada que pusiera en riesgo mi salud. Solo quedaba el mal recuerdo.

Después de muchos días, de malos días, de ganas de encerrarme en mi cuarto, de no saber de la gente, de perder interés en todo lo que me gustaba, de pensar que todo el mundo formaba parte de una farsa, se lo conté a mi madre para que me aconsejara.

—¡Ay, hija! —me dijo enseguida—. ¿Para qué andas tomando con hombres si sabes cómo son? El hombre llega hasta donde la mujer quiere y tú, por lo que me cuentas, te lo ganaste. Te aconsejo olvidar lo que pasó, no contárselo a nadie y hablar con él para que no le cuente a nadie más y sea algo que quede entre ustedes. No justifico lo que hizo, pero hoy en día las mujeres ponen todo muy fácil y los hombres se aprovechan de eso. ¡Qué lástima! Quizás él hubiera tenido buenas intenciones contigo si te hubieras dado a respetar. Eso le hubiera dado felicidad a tu padre.

Después de aquello nos lo encontrábamos en las fiestas sociales. Mi madre ni siquiera fingía y lo saludaba con emoción, olvidando cada una de mis palabras y el dolor que me provocaba saber que un tarado era justificado por ideas patriarcales. Hasta donde sé, ella fue una mujer educada para casarse, por lo que no traté de juzgarla y mucho menos odiarla, pero sí de separar sus conceptos nocivos con mis ideas de libertad.

En poco tiempo, este regreso a mi México me estaba consumiendo. Otra vez tenía que huir, irme a algún lugar donde pudiera sentir que podía vivir libremente sin sentirme vulnerable, enmudecida y con miedo. Empecé a hacer de todo para no estar protegida otra vez en el mundo acaudalado en el que me movía. Quería ver hasta dónde llegaban las últimas consecuencias, pero mi interés era ayudar y aprovechar esta oportunidad de por lo menos saberme haciendo algo y ser una bomba de tiempo que mataría a la verdadera enemiga: la doble moral. De nuevo me salí de mi zona de confort, comencé una nueva vida, comencé a ser más independiente, a ser más yo.

En busca del sueño americano

Me fui a un país cercano y familiar con la intención de no regresar jamás. Era un país que no me sacaba del todo de mi zona de confort, ya que muchas veces había viajado de compras y vacaciones a los Estados Unidos, incluso viví ahí temporadas cortas que no me permitían ver en los indocumentados sus ojos de identidad perdida. Esas miradas resentidas de buscar una vida mucho más merecedora lejos de su familia, de sus tradiciones, de su raíz; esos ojos que mostraban el abandono y a la vez las ganas de olvidar todo para no repetir el deseo de volver a un país que les había negado tantas oportunidades y que los había humillado y discriminado por sus rasgos; esos ojos que dentro de un mundo aburguesado yo comenzaba a tener y a reflejar con cierta culpabilidad de empezar a perder el amor a un país al que por sus tantos esplendorosos paisajes consideré uno de lo más maravillosos.

Con todo y ser una mujer que había recorrido muchos lugares, era inevitable sorprenderme al viajar por México; era inefable lo afortunada que me sentía ante las características positivas y la tristeza ante las precarias condiciones en las que mucha gente sobrevivía. Acobardada de esta situación, confieso que le pedí a mi padre que me ayudara a entrar a una agencia internacional de alto renombre. Me conformé y agradecí mi destino de poder elegir desde el privilegio.

Un hombre libre

Uno de los mejores hombres que conocí fue por casualidad. Yo estaba en una reunión de trabajo y lucía joven, linda y talentosa. Él era un empresario exitoso que presentaba un proyecto de mucha importancia para la agencia. Su mirada intensa era la de una persona mayor que sabía que envejecía, un hombre que había logrado muchas cosas y que estaba ahí por casualidad, en la misma reunión de trabajo.

Más allá del bello color de sus ojos, parecía que captaba todo como una fotografía. Incluso sin percibirla, el olor de su piel era una delicia, sin entender por qué. Debajo de su ropa elegante tenía lunares que apetecía besar uno por uno. Además, era de los pocos hombres que sabía divertirse trabajando e inspiraba acciones mucho más grandes que tener obligaciones infelices y cumplir horarios de trabajo en una silla, lo que no hablaba nada sobre la verdadera productividad de una organización. Por alguna razón, no me importaba su edad ni el deterioro de su cuerpo. Su mente me tenía cautivada y ni siquiera me preocupaba la diferencia de edad.

Fue una de las veces en que un hombre, además de ver mi belleza, observaba mis capacidades y que disfrutaba con mi intelecto. Mi corazón estaba tan seguro de lo que deseaba y mi mente estaba tan ávida de nuevos escenarios, que fue inevitable verme atraída por un hombre al que podía considerar en verdad distinto.

Durante el desarrollo de la junta mi cuerpo y mi mente se sintieron inquietos ante su misterio. Estaba rodeada de varias personas, pero me llamaba la atención ese hombre que destacaba. Al final, mi curiosidad se sosegó, pues pensé que solo se trataba de mi imaginación.

Me fui a mi departamento. Tenía su tarjeta entre mis manos y estaba recostada en la cama con ganas de tenerlo. Sentí deseos de tocarme para imaginarlo haciéndome lo que él quisiera. Casi sin darme cuenta tomé una siesta y al despertar estaba ardiente. Recibí un mensaje de aquel hombre misterioso, quien me invitaba ese mismo día a tomar un café. Acepté sin pensarlo y sin esperar nada.

Durante la charla reconocí el sabor y el olor de su piel. De a poco me convertía en su admiradora. Yo no quería ser algo para él, solo deseaba observarlo como se contempla una obra de arte que no se puede obtener, de esas que parecen tuyas porque las has admirado desde siempre; que al tenerlas en frente te deleitan la vista y quieres llevártela para admirarla un poco más.

Mirándolo así, me motivé a ir por un poco más. No me planteaba una relación sentimental, solo quería tenerlo en mi piel, olerlo, besarlo, dejar que lograra conmigo lo que muchos hombres no habían tenido el valor ni la capacidad de originar: hacerme sentir mujer. Eso implicaba hacerme libre, protegida al explorar los límites de las sensaciones de mi carne mezcladas con mis pasiones más escondidas. Y así hasta cansarme.

Aquel café se convirtió en el café de mis deseos. Lo miraba platicar, mover sus labios; el detalle sus ojos intensos y escuchaba su cautivadora voz, que me penetraba en el alma. De algún modo sabía que no era enamoramiento sino admiración, pues reconocía en él a un ser distinto, lleno de seguridad y de misterios sexuales.

El café terminó en un paseo por las calles bulliciosas de la ciudad y en una despedida medio titubeante de la que esperaba morder el anzuelo de su boca. Sin embargo, solo me dejó ir por esa callecita, mientras yo rogaba que él siguiera el sendero hacia mi departamento.

Regresé más ardiente, tocándome y tratando de tomar una siesta para dejar que pasara el deseo. Entonces le envié un mensaje desde mi móvil e iniciamos un intercambio.

—¿Qué te parece un café en el balcón de mi apartamento, iluminado con la luz que nos llegue del bullicio de esta seductora ciudad?

—Me parece bueno.

—Park Avenue 2577, departamento 8.

—¿A qué hora?

—Opción a) 7 p. m.; opción b) 8 p. m.

Entonces su silencio se volvió absoluto y yo me quedé en total expectativa.

No hice nada especial, solo me puse una camisa oscura que aparentaba ser un sensual vestido, indicador implícito de querer sexo para complacerme y no para complacer.

A las 7:20 p. m. escribió un mensaje: «Opción c): Estoy abajo».

Por el balcón de mi apartamento, que tenía las típicas escaleras neoyorquinas, le arrojé la llave de la puerta principal en una bolsa aterciopelada. Él, firme, supo abrir. Mientras le dejaba con anticipación la puerta del apartamento entreabierta, lo escuché subir por el elevador. Me encontró con un par de velas prendidas, sin tratar de decir nada. Mi voz era mi cuerpo y mi palabra el deseo de perderme entre sus manos.

Se acercó con seguridad. Comenzó a tocar con delicadeza mis senos y a acariciar como si supiera lo que yo quería. Su lengua profundizaba con elegancia, sus manos eran perfectas y osadas. Sus ojos seguían en mí como en aquella junta y antes de que me penetrara me nació besarle todo y dejarme llevar, sin importar que al otro día tuviera que olvidar cómo habíamos hecho sexo para no comparar ese sublime cansancio con nadie más.

Al terminar de hacerme todo lo que quiso porque así yo lo deseaba y manifestaba, partió de mi casa.

—Cuídate mucho —me dijo cuando se marchaba—, estás en un medio muy complicado, donde los hombres quieren poseer todo lo bello que se puede comprar y, ante lo que no, tienen la irreverencia de demostrar que también se puede comprar con dinero, poder y persuasión. Eres una obra de arte viva y por lo mismo que no eres perfecta eres fascinante, digna de admirar. Quien te toque quizás pueda perderse en la obsesión de poseerte.

»Eres tan brillante y mística como la luna, pero a la vez poco clara e incierta, como un misterio que inquieta y alucina. Por desgracia, los hombres jóvenes no saben valorar a una mujer como tú, pues solo cuando son más adultos se dan cuenta de que son pocas. Los que tienen más experiencia, cuando la encuentran la muestran como parte de su colección más preciada, la poseen hasta consumirla, la llevan al hastío de sus propias virtudes o la convierten en algo maleable. Es un afán de poseer lo más preciado y el vicio humano de acabar con lo más bello que nos da la vida: la pureza. En ti, de algún modo, hay un tipo de pureza que muchos querrán nulificar para su alivio al tratar con lo desconocido.

Esos minutos después de hacer el amor fueron especiales por lo que dijo durante esa conexión inexplicable, esa danza que lo era todo y a la vez nada por la manera en que aprovechaba cada pedazo de mi carne sedienta, por respetarme hasta protegerme del miedo al placer con un poco del dolor que yo misma quería. Yo no esperaba nada de él más que dejarme llevar por mis instintos y eso terminó arrancándome el aliento de una manera tierna y feroz durante esa noche de frío, que al terminar me dejó un breve y bello recuerdo.

Para marcharse, se vistió con la elegancia que lo distinguía, me había dado un pequeño beso de hombre a mujer reverenciada, no lo busqué después de nuestro encuentro, ni era mi intención hacerlo. Él empezó a encontrarme para perseguir sueños eróticos y para darnos la simpleza de estar y dar, sin jamás superar el primer encuentro. Nunca supimos si de verdad fueron nuestros, pero esos momentos nos avivaron y nos llevaron al dinamismo de la seducción.

Varias veces me pregunté por qué es tan complicado aceptar que a veces se tiene que dar y recibir sin esperar nada más. También pensé en lo confuso que representaba ir más allá de ese intercambio simple y complicado a la vez, que significaba renunciar a la naturalidad de los encuentros que nos hacían practicar un tipo de arte travieso para buscarnos y disfrutarnos, sin inventar un mundo de otras cosas que impiden lo hermoso de conocerse y desconocerse.

Para algunas personas este tipo de intercambio se concentra en un cúmulo de lamentaciones, reproches, sensaciones; o la necesidad de demandar algo de esa persona, de creer que por este intercambio existe el derecho de posesión. Es ahí donde todo lo que puede florecer se marchita desde la semilla, utilizando las cadenas invisibles que tenemos en nuestra naturaleza posesiva.

La vida puede inducir a que nos decepcionemos de aquello que nos demuestra, en los vaivenes de nuestra vanidad, que algo o alguien no nos pertenece. Por fortuna, mi deseo de ser mujer pudo más que mi ego y que mi vanidad. Jamás pregunté nada y él a mí poco. De manera que solo nos encontramos para mirarnos con nuestra vista desorbitada hasta que nuestra curiosidad se apagara y con ella el baile apasionado de nuestros cuerpos.

A veces me descubro recordando los lunares que me gustaba lamer en su piel blanca; o esos ojos que me atrapaban en la oscuridad como el sueño de un atardecer que se encuentra con la luna brillante, mezclándose con la contemplación de la satisfacción de mis pleitesías, cuando lo único que quiero es experimentar sin cadenas, sentirme mujer.

Quizás sea un signo de cobardía el no saber expresar lo que quiero sentir, por miedo a no verme demasiado libre. Es la razón por la que a este hombre tal vez lo pienso de una forma especial, por su ausencia de complejos para encontrarse cómodo en mi libertad y al respetarme, cuidarme y propiciar el placer de dejarme llevar con alguien libre como él.

Él fue uno de esos hombres de encuentros fortuitos que aún me brindan un buen recuerdo, que se repite de vez en cuando y viene a mí como un sueño para dejarme un grato sabor de boca, unas ganas intensas de vivir y de tomar la vida con mayor ligereza.

Del sueño americano al fin del mundo

Después de vivir un tiempo en una ciudad tan seductora como Nueva York, el ambiente comenzó a cansarme, demasiado ruido desproporcionado en sintonía con el desenfreno. Lo que para otros eran deslumbrantes reflejos, a mí me comenzaron a parecer manifestaciones ordinarias de la realidad. Quizás esto era producto de mi eterna búsqueda de lo genuino.

Cada vez me daba más cuenta de que Nueva York podía ser el paraíso de quienes buscaban su conocimiento personal o el infierno de quienes creían saberlo todo. Para los primeros, todo es una sorpresa constante; para los segundos, la mayor parte de lo que sucede resultan clichés en el devenir de las carencias de lo que la gente quiere percibir como auténtico en todo momento. Son muchas cosas que no se puede descubrir si son realmente genuinas en una ciudad tan infinita.

Para mí fue el infierno que me hizo ganar el paraíso, el absoluto perdón a mis contrariedades e incongruencias; un lugar que me legitimó en la diversidad como ser humano y que siempre será mi ciudad, aunque solo sea capaz de soportar su energía desenfrenada en dosis de pocos días. Una ciudad donde se encuentran, aunque sea por etapas, personas que pueden cambiar el mundo o destruirlo. Así de grandiosas, así de siniestras.

Decidí mudarme del paraíso ganado impelida por estas sensaciones, sumadas a otros factores, como el hecho de que uno de los hombres más influyentes de los Estados Unidos comenzara a hablar atrocidades de los mexicanos y de toda Latinoamérica. Sus comentarios desde el entretenimiento me hicieron seguir explorando lugares poco comunes. De pronto ese país tan ordenado se había convertido en un espectáculo televisivo, en un juego. No fue difícil tener la oportunidad de encontrar otro lugar para vivir, aunque este país sea una gran nación y esa ciudad mi fascinación. Seguro siempre estaría ahí, pese a estar lejos, y la tendría para dejarla sorprenderme con sus lecciones cada vez que regresara.

Me acuerdo de que la partida de Nueva York fue algo muy sencillo. Ese día, un buen amigo me acompañó al *subway* desde el que fue mi apartamento al aeropuerto John F. Kennedy, con mis maletas, que cada vez aprendía a hacer más ligeras. Por alguna razón, me podía ir sin apegos de esa bulliciosa ciudad, quizás porque sabía que ella se había convertido en un lugar que siempre visitaría.

La charla con este amigo fraterno, que conocí durante mis días en esta ciudad de sueños de concreto, fue muy interesante, una conversación afrodisiaca que aumentaba nuestros deseos de vivir, de seguir en la búsqueda y de no conformarnos solo a existir sin honrar cada segundo la vida, con el deseo y el temor de hacer las cosas distintas. Era como Nueva York: inspiradora, exacta y oportuna para mi cambio de vida.

Siguiendo un designio del corazón abracé con el más puro agradecimiento a mi gran amigo neoyorquino, a quien le dolía mi partida, pero como buen representante de su ciudad nunca se quitó los lentes. Para no perder la compostura, su abrazo no fue demasiado largo, sin embargo, fue tan sincero que pensé que todo ese tiempo había valido la pena.

Lo que hace que nuestra esencia nunca se vaya de los lugares por los que pasamos son las personas que mantienen nuestra energía en los recuerdos compartidos. Yo me sentía ya en muchos lugares viajando con todas esas personas que iba conociendo y que tendría de forma perpetua en mi corazón.

Entré a la sala de abordar pensando que él estaría ahí cuando me diera la vuelta para darle un último gesto de despedida en la lejanía, pero por supuesto que ya no estaba. Era parte del *mood new yorker* y lo llevé como el mejor de mis aprendizajes.

Ya dentro, pensé en lo mucho que me gustan los viajes en avión. Aunque van para alguna parte, no se tiene la percepción de estar en un sitio en determinado tiempo. Vas en la nada y mientras más largo es el vuelo la nada de las horas se convierte en un espacio alejado de lo que consideramos todo. Aunque el sitio preciso al que vamos a llegar existe, es como lo que hay detrás de la espera de lo que acontecerá en nuestra vida: imposible determinar si estará en la forma que deseamos. Caemos en la gran mentira de que todo lo podemos tener bajo control.

Arribé al aeropuerto internacional de Ezeiza y desde que caminé del avión a la banda de equipaje percibí con sutileza la sensual música del tango. Mi llegada auguraba un gozo por las tantas cosas poco obvias de un país lleno de virtudes misteriosas, donde al parecer la gente estaba loca porque ejercía su libertad y decía lo que pensaba sin temor a nada. Además era un país con fama de rebelde por la crítica severa a sus líderes y todo lo convencional.

Como cualquier país de Latinoamérica, Argentina tenía un contexto social complejo. Si bien tenía mucho desarrollo y aún más potencial, se percibía mucha desigualdad. El machismo, en apariencia, se notaba bajo en comparación con el de México. De hecho, era de los pocos países latinoamericanos con una presidenta, pese a que no tenía la mejor imagen en opinión pública, pues se consideraba que no estaba haciendo bien su trabajo. Incluso en los antecedentes históricos se halla la empatía con las figuras femeninas, como en el caso de Eva Perón.

Desde luego, no todo era color de rosa y me tocó vivir una realidad muy similar a la que México vivió en el 2000 con la transición del gobierno. En cierta manera, Argentina se asemejaba a ese contexto, por lo que me parecía muy interesante estar ahí; y lo que era mejor, vivir lejos de mi México y poder observar con mayor objetividad su realidad social.

Empecé a estar bien porque otra vez me hallaba lejos de todo, aunque mi corazón aún no alcanzaba toda su libertad, pues estaba cansado de huir, de estar y no estar. Siempre mi contradicción, siempre mi obsesión. ¡Qué desesperación! Traté de comenzar de nuevo en un país que tenía todo lo que a mí me gustaba. Estaba en la maravillosa ciudad de Buenos Aires, que no era una ciudad obvia y que solo se dejaba conocer a través de estar en ella con una intensa disposición a experimentar.

Llegué al primer día laboral con el mismo miedo que llegué a mi primer trabajo en México, el temor que hizo que cuidara el tamaño de mi falda y no verme demasiado osada, pero todo eso comenzó a cambiar en poco tiempo. La bella gente de Argentina y las personas de varias nacionalidades relajadas que vivían ahí me exigían ser yo misma para sobrevivir, innovarme, reinventarme, empoderarme, sacudirme.

Ahí notaba por lo general que era mal vista la mujer sumisa o la que escondía las armas que la vida le había otorgado. Si no tenía nada, entonces era un personaje más que ordinario, poco vivo. Las personas tibias o pechos fríos tan solo se quedaban almacenadas en la alacena de las sobras.

Ahora entiendo los chistes de los argentinos y su ego, que en realidad lo tienen alto y muy bien puesto, algo difícil de asimilar en sociedades más condescendientes. En México me enseñaron a decir *perdón, mande, a sus órdenes*, por mencionar apenas algunas expresiones. No niego que tanta osadía muchas veces me desencajó, aunque era interesante ver personalidades fuertes y llenas de dignidad; esta última en especial lo era todo y se reflejaba en muchos.

Para mi sorpresa eran distintos a los estadounidenses por el gran amor que le tienen a México. Por alguna razón admiraban todo de mi cultura y se me presentó como una segunda oportunidad. De algún modo era un mundo al revés que podía funcionar muy bien.

Empecé a vivir fluyendo en Argentina sin saber qué esperar. Comencé a volverme una mezcla de sensaciones. A muchas personas les podía parecer impropio que adoptara otra identidad, pero era una capacidad camaleónica que no dependía de mí, sino de mi naturaleza. Era como rechazarme por ser pez y querer volver el agua. En poco tiempo me fui enamorando más de los libros y de la poesía, de la música sensual expresada a través del tango y de la forma en que ese ritmo representaba una forma de hacer el amor y comunicar el arte.

Con todo y sus problemas, Argentina se convertía en un país enloquecedor que no podría comprender si no me atrevía a verlo de cerca y que solo se dejaba descubrir por aquellos que tenían la verdadera capacidad de soltar sus prejuicios. Un país que también me enseñaba una nueva forma de amar a México y a compararlo con objetividad para dejar de echar la culpa al sistema, a proponer desde los fundamentos, a no tener miedo en lo que se puede descubrir en la búsqueda de la verdad, a escuchar argumentos de personas locales que hablaban de México como un país grande e indestructible. Es un país que pese a todos sus contextos está lleno de vivientes y sobrevivientes. Argentina nos miraba desde el fin del mundo con genuina admiración. Cada vez que me preguntaban mi nacionalidad y yo decía que era mexicana, me decían: «¡Qué lindo!».

Mi amiga mexicana de visita

Ella tenía un buen hombre, uno que la veía con los mejores ojos que podrían verla. Un hombre que la amaba con todo su ser. Sin embargo, por mucho que ella lo quería, no podría volverse loca por él justo por eso: era demasiado bueno y ella tenía ganas de alcanzar la plenitud como mujer.

Como su amiga, una de las más queridas, yo me dediqué a escucharla durante su visita a Buenos Aires, a contagiarle la visión de que el mundo estaba lleno de experiencias y que en el momento que ella quisiera podría inventar una nueva paleta de colores en su vida.

Entre varias copas de un maravilloso Malbec y con mi afán de contarle todas mis anécdotas divertidas, terminamos sincerándonos en muchas cosas y encontrándonos en delicadas transparencias. Ella comenzó a contarme que le gustaba un hombre de su trabajo y que se lo había compartido como desahogo a su madre que, por cierto, era una de las figuras femeninas que más impacto había tenido sobre mi vida. Para mi sorpresa, exponer sus deseos le había cambiado la forma de percibir su noviazgo y las ganas de experimentar el mundo. Por lo que me empezó a contarme su historia.

—¿Acaso la fidelidad existe? —le preguntó a su madre.

—Más vale que siempre exista, al menos para los ojos de tu amado. Lo que hagas fuera de eso, es solo cosa tuya. Muchas personas dicen que las parejas no deben tener secretos, que deben hacer y decir todo lo que harían como si estuvieran con ellos mismos, pero a veces estar con uno mismo da asco; los defectos, las enfermedades, el cansancio, la higiene, el mal humor. Lo difícil que es aguantarse a uno mismo debido a la rutina. Es una verdad aplastante, aunque no nos guste.

»Imagínate convivir con una persona que a través del tiempo se le ve de cerca la pérdida de esa magia, de a poco, y se convierte en un espejo tuyo. La confianza da asco, de verdad. Por mucho que al principio le parezcas el ser más extraordinario, todo ese cuento se vuelve una realidad de la que debes escapar de vez en cuando para salvar los pactos acordados y la alegría que siempre pensaste que esa pareja daría a tu vida.

»Considero que los secretos deben existir. Cada persona es un misterio y, como tal, eso debe defenderse siempre, pase lo que pase. Por eso, hagas lo que hagas, tu intimidad es tuya. Esconde tus deseos y libéralos cada cierto tiempo para que seas capaz de formar un vínculo con alguien sin guardarle rencor por perder tu libertad y los verdaderos deseos que te encadenan a solo verlo a él como un hombre.

»Evita que el hastío llegue a tu vida y trata de bailar un poco. Pese a que para muchos puedas ser una mala mujer, ese será tu cuento, tu danza. Nadie debe saber cómo bailas y el ritmo que llevas tú lo decides, ese siempre será tu derecho de probar. Ten por seguro que la mayoría de los hombres siempre lo hacen. Dicen que el hombre es el único que no sabe ser fiel. La verdad es que la mujer a veces tiene más miedo por los tabúes sociales, pero en cuanto a deseos es igual. Es capaz de hacer lo mismo o quizás hasta un poco más con tal de ser plena como mujer.

»Te voy a contar algo hija y solo porque tu padre ya está muerto. Una vez le fui infiel. Solo una vez. Debo decirlo con un poco de arrepentimiento, ya que él me fue infiel con muchas. Tú lo sabes, hasta la misma familia lo sabe y se lo aplaudió durante muchos años, pues siempre andaba por las calles bien trajeado, paseando a su harén por todos lados, mientras a mí me daba todo lo que quería, pero limosnas de su cariño. Aun con todas las humillaciones que me hizo, en esos tiempos, cuando se nos enseñaba que teníamos que soportar todo lo que nos tocaba, hubo momentos en que lo pensaba como un miserable. Pensé en divorciarme infinidad de veces, pero entonces reflexionaba sobre lo difícil que sería para ustedes ser hijos de padres divorciados, y sobre mí como mujer.

»Fue en un viaje a Cuba, una de tantas veces que fuimos a su tratamiento para el riñón. Una noche se quedó dormido en el hotel. Salí a dar un paseo por La Habana, la hermosa capital. El clima era encantador y los hombres de aquel lugar me parecieron muy sensuales. Entré a un bar a tomarme un trago, solo para tratar de mandar todo por la borda y escapar de mi propio aburrimiento.

»Ya no me sentía joven, pero las miradas de muchos hombres que estaban en aquel bar eran una bebida fresca en mi boca. Todavía no comprendo qué fue lo que me pasó esa noche, que por impulso me fui con un buen mozo que terminó haciéndome un sexo que jamás había probado. Al principio me dolía mucho, pero a la vez me excita lo que me dijo. Sus palabras soeces me excitaban: «Tú eres una nena que merece que le hagan sexo por todos lados», me dijo de forma seductora.

»¿Qué quería decir eso? Era cierto, pensé, mi esposo nunca se tomó la molestia de experimentar conmigo, de llevarme a los límites, de explorar. En lugar de eso se iba con otras quizás a hacer lo mismo que me hicieron a mí. En muchas ocasiones intenté hacerle a tu padre juegos sexuales, vestirme como prostituta, ponerme pelucas, bailarle. Hasta cierto punto le gustaba, pero se le notaba un freno que me limitaba a no portarme como una cualquiera. No entendía por qué yo no podría ser «su cualquiera». Pensé que era delicioso que alguien estuviera loco por besarme y tener sexo conmigo por todos lados. Era como una fruta que se mordía hasta raspar el hueso. Y eso me gustó.

»Ese, mi querida hija, fue quizás uno de los días en que más me sentí mujer.

Cuando mi amiga terminó de contarme la historia, sabía que regresaría a México sin repetir la historia de su madre, gracias a esa brutal sinceridad que la salvó para decidir no conformarse y dedicarse a encontrar el amor en ella misma.

Los príncipes

Me gustaba ir sola al majestuoso Teatro Colón de la bella ciudad de Buenos Aires, uno de los mejores del mundo, para apreciar la música e imaginarme las historias de la gente que asistía. Yo miraba a las personas en silencio sin que nadie me molestara. En varias ocasiones me refugié allí del estrés del trabajo y el peso de la rutina. Tenía mi lugar favorito, por el número y la excelente locación del palco, para maravillarme con este imponente lugar.

En una de esas oportunidades vi a una mujer sentada en el palco número 12 de la platea del teatro. Aunque éramos dos solitarias, no nos mostramos interesadas en intercambiar palabras. Ella era una mujer madura, muy bien arreglada y con cierta belleza que la hacía aún más sofisticada, siempre observando con atención y con una luminosidad muy particular en sus ojos.

Mi eterna curiosidad regresó y me llevó a la inquietud de saber más de ella. En el intermedio, salí por una copa de champaña a uno de los salones y tras ver a toda la gente elegante que se encontraba disfrutando del momento, regresé al palco antes de que comenzara el siguiente acto. Usé el pretexto de mis distintas visitas al teatro para saber más de su vida. Ella fue amable, aunque discreta, y entonces fui directa y le hice unas de mis tantas preguntas inoportunas e irreverentes.

—¿Por qué viene sola una mujer como tú a este teatro? ¿Acaso no tienes una persona que te acompañe?

—Te lo contaré cuando termine el acto —me respondió, mirándome con cierta incredulidad.

Mientras sonaba la Filarmónica de Buenos Aires, conducida por el director mexicano Enrique Diemecke, nos quedamos embelesadas ante el sonido y el bienestar que nos producía estar ahí en aquella soledad compartida. Entre la música y la dirección magistral, la noche se hizo tan especial que ambas nos conmovimos mientras veíamos el cielo del teatro, pintado por el artista argentino Raúl Soldi.

Al terminar, con sorpresa, recibí la invitación para ir al restaurante Edelweiss que estaba muy cerca del Teatro Colón a comer algo y a tomarnos una copa de vino. Pedimos unas picadas y yo ordené un pollo con papas, algo que hacía con regularidad. Comenzamos una charla casual, aunque ella, muy segura de sí misma, comenzó la plática respondiendo a mi pregunta de por qué estaba sola en ese lugar.

—Y lo mismo imaginé de ti, aunque también pensé que ambas disfrutábamos de nuestra soledad. Vengo sola porque estoy cansada de buscar personas que se interesen en lo mismo que yo, o simular que debo estar aquí poniendo más atención a ellas que a la música y al silencio de mis pensamientos.

Ya que había empezado a develar mis incógnitas, quise saber un poco más.

—Sabes, yo llevo mucho tiempo tratando de dejar de buscar a personas que se interesen en lo mismo que yo y de simular pretensiones. ¿Qué es lo que te ha llevado a esa reflexión? —volví a preguntar.

Me explicó en detalle muchas de las razones por las que, bien acompañada de su soledad, prefería contemplar el majestuoso teatro y todo lo que este envolvía.

—En la travesía de ser mujer me he sancionado una infinidad de veces por no querer lo mismo que se supone debería querer.

Por ejemplo, en el amor lo he intentado más de lo que me gustaría reconocer. He dado la oportunidad a varios hombres que al final se mostraron interesados en conquistarme, ganarse mi corazón, demostrarse a ellos y a todas las demás personas que podrían ser mis príncipes; hombres que podrían hacerme cambiar de opinión, de aburguesarme, de enseñarme a ser mujer de verdad, de cambiar mis deseos de no ser madre.

»Ponele que de alguna manera ante ellos me vi muy irreverente e interesante. Quizás pensaban que era parte de mi «histeriqueo», de ser una criatura irresistible, pero a la vez un dolor de cabeza por pensar y hablar demasiado.

»Todos comenzaban con el mismo cuento de que admiraban a una mujer libre y después de un tiempo terminaban rompiéndome las pelotas. Les parecía excitante que les pidiera que me pegaran, que me hicieran lo que quisieran, que no tenía miedo de ir más allá; que me propusieran cosas locas como conocer a una mujer, llevárnosla de acompañante y, ¿por qué no?, de cumplirme la fantasía de compartir la cama. Eso sí, la idea de estar conmigo y otra mujer siempre les parecía excitante, pero con otro hombre en la mayoría de los casos ¡ni locos!

»Además de que se sentían amenazados porque tengo la independencia económica para hacer en mi vida lo que quiera y comprarme lo que me dé la gana, sumado a un prestigio profesional que quizás rebasaba la comodidad de sus expectativas; una mujer que no busca un príncipe, ya que siempre me he considerado una reina, y que no sigue la luz porque es su propia luz.

»Me daba risa que al final, después de tanto tratar de domarme, salieran corriendo porque no encontraban a una mujer dócil que los dejara en su zona de confort. Aunque puedo decirte que en cierto modo viven confundidos por haberme tenido, ya que la mayoría comparte que ha vivido los mejores días de su vida a mi lado, pese a que terminaron amando y despreciando en secreto mi libertad, un privilegio que jamás cedí por miedo a la soledad.

»Estoy segura de que han llegado a pensar en mí en muchas de las ocasiones en las que han estado en la cama con mujeres que se limitan en cuanto a las infinitas posibilidades de la exploración. Al final me buscan, así como buscan a otras mujeres como yo para hacer lo que no se atreverían con su pareja. No entiendo por qué esa hipocresía de compartir lo que no es tuyo y de saber que algo te pertenece con el recelo de experimentar. ¿Cuál es la razón de nuestros celos? ¿Cuál es el objetivo de poseer? ¿Qué pretendemos al pensar que algo nos pertenece? Si la piel se hizo para ser acariciada, y no para resignarse en el ocaso conforme de una noche sin estrellas o un día nublado; carente de contenido, solo un miserable reflejo de esa declinación sin regocijo y sin ningún fluir con la vida misma.

»Al principio tenía miedo de decir quién soy y qué es lo que pienso; qué es lo que quiero y necesito. Me atemorizaba no ser suficiente, no ser tan bella o tan inteligente para ser legitimada por los demás. Me negaba a experimentar por miedo al qué dirán. Entonces intenté hacer todo perfecto. Ser bella, inteligente, mesurada; a ejercer el rol adecuado según mi grupo social. Gracias a mi habilidad, logré encontrar estados de superación que podían asemejarse a la perfección de mis estándares para darme cuenta de que los demás seguían buscando niveles más altos. Es una apuesta perdida tratar de complacer la caprichosa vanidad de los otros, apartarme de mi propia vida para vivir por ellos. Fue cuando decidí liberarme y empezar a comprobar la paz y la felicidad que me daba la ligereza de mostrarme como soy, sin importar las consecuencias.

»Al final no me he quedado sola, he tenido parejas de todas las nacionalidades, de todas las costumbres. Cada uno me ha brindado algo muy bonito. No me puedo quejar, la mayoría de ellos se han sentido encantados con una mujer como yo, aunque no tuvieron el valor de quedarse conmigo. Es más, al rato veo a otro que aún no se ha dado cuenta de eso —dijo con firmeza y riéndose con intensidad.

—Claro que no los juzgo. Es más, en muchas ocasiones los empujo a irse. Sé que no dejaré lo que amo de la vida, lo que me gusta, ir donde quiera y nunca dar explicaciones; no pensar en eso de tener hijos, ya que a mí eso jamás me interesó. Jamás los juzgo por no entenderme, muchos de ellos vieron y velaron por mí y hasta la fecha estoy segura de que me mandan sus mejores pensamientos. Me basta con eso, a la postre tendré su amor incondicional. Soy para ellos la imagen de lo venerado, la imagen de lo que corresponde a las personas que, aunque no llegaron a serlo, se convierten en una linda historia de lo que pudo ser y quedan como una pintura fresca, que de a poco cambia como un lienzo vivo para sorprenderse. Ellos serán mis príncipes y yo su reina.

»Entonces me di cuenta de que hay muchas mujeres que están en busca de un príncipe y otras están cansadas de ellos.

Después de esa noche, aquella mujer se volvió una de mis mejores amigas. Fue testigo de mi existencia y yo de la suya.

Mi amigo Lucas

Uno de mis mejores amigos había nacido en una comunidad muy pobre de México y ahora se encontraba viviendo en Argentina. Desde pequeño le enseñaron que tenía que sembrar para cosechar, así como lo importante que era ser un buen hombre. Esto quería decir encontrar una buena mujer y trabajar para mantener unida a la familia. Le enseñaron a venerar las tradiciones y a que si no las veneraba, entonces no era un buen miembro de la familia. Era como una carga genética que desde niño lo inducía a cumplir el rol de qué hacer o qué no hacer.

Esto me hacía entender que los hombres también tenían un peso muy grande sobre sus hombros. Al igual que las mujeres, muchos de ellos nacían con el destino dictado de mostrar su hombría a través de roles preestablecidos.

Muchas veces nos gusta que nos engañen en la vida, porque en definitiva no lo hace nadie, lo hacemos nosotros mismos. Es una contradicción que si se evidencia asusta, ya que sabemos desde el fondo de nuestro ser qué está bien y qué está mal para lo que queremos en nuestra historia personal. Aun así, muchas veces decidimos hacer lo que nos causa cierto dolor, en un camino de simulación constante. Es como un atardecer que vive con resignación al ocaso.

Así encontré a muchos hombres que tenían distintos deseos, por ejemplo, un trabajo considerado por la sociedad como muy femenino por tener el sentido estético muy desarrollado, por hacer cosas que mostraran algún tipo de debilidad y con etiquetas que les colocaron desde antes de nacer para ser comparados con el león de una manada. Hombres que si no hacían eso serían considerados «poco hombres». También recibían dobles mensajes de la sociedad para evitar amar demasiado a una mujer y no dejarse influir por ella, para no arriesgarse a ser llamados débiles y demostrar su hombría a través de la dominación y el orgullo, sin miedo a perder su estatus frente a los demás.

Así era este amigo, llamado Lucas, cuyo nombre trae un significado religioso y una encomienda de mensajero. Él encontró a una buena mujer, una Argentina con ideas diferentes; por eso, aunque se enamoró con locura de ella, la encontró sucia, usada, maltratada, marcada. Valoración que, de cierto modo, provenía de su subconsciente y que se había generado a partir de una diversidad de mensajes cargados de represión a las libertades de su contexto.

Estas valoraciones y los sentimientos de culpabilidad que él tenía solo desaparecían si tenía una verdadera voluntad de cambiar su destino conocido. Es algo que hace competir nuestros verdaderos deseos con los de alguien más que, al ceder a la complacencia, pueden llegar a ser la mutilación de transitar nuevos caminos que conducen a nuevos amigos, costumbres, formas de ver la vida y maneras muy distintas de hacer las cosas. En fin, nuevos senderos.

Las condenas y sanciones sociales que podrían imponer a quien se decide a hacer lo que quiere y lo que le gusta son muy difíciles de desafiar para muchos; la mayoría de quienes se atreven quedan hundidos en una eterna confusión.

Entendí entonces que esta presión no existía solo en las mujeres, también en los hombres. Quizás eso me llevó a la convicción de que cada quien debe hacer, a su manera, lo que le alimente las ganas de seguir viviendo con la ilusión del siguiente día. No era yo la única con una carga social que imponía un rol, sino que desde la infancia hay un canal de malas interpretaciones a través del cual escuchamos voces que nos dicen que debemos seguir con la misma historia para vernos protegidos y aceptados por la sociedad.

Estuve a punto de convencerme de que la sociedad era mi enemiga y me di cuenta de que en realidad nuestros adversarios eran el miedo, la ignorancia y el rechazo a adoptar las nuevas ideas que harían tambalear la certidumbre de saber qué sigue después de la muerte y qué pasa como consecuencia de los actos definidos por nuestra naturaleza.

A veces pienso que cualquier cosa que haya creado la vida nos ha dado todo lo que tenemos para experimentar a través de la inquietud y la curiosidad que provienen de nuestros deseos, y que solo viéndolos como naturales podemos descubrir la magia de sabernos humanos. Asimismo, que aquello que llamamos Dios está lleno de un amor que no juzga, que no reprime y que se mueve dentro de una energía que permite transitar con valentía por nuestra existencia, si uno se lo propone.

Me preguntaba qué pasaba con todas esas personas que vivían una vida entera y que querían que ocurriera algo en el momento en que llega la muerte, con esas personas que bajo estándares convencionales son felices. Me planteo que la felicidad es para todos, pero de distinta manera, sin que podamos pretender que a todos nos deba gustar lo mismo o que nuestras percepciones sean las mismas que las de cualquier otro ser humano.

Aunque perdí la pista a mi amigo, espero que su vida haya dado el giro para conocerse y descubrirse más como persona, para convertirse en el propio autor de sus poemas con la valentía que requieren los que improvisan y se deciden a aceptar esta vida con la dignidad e incertidumbre que representa. Después de todo, cada uno tiene sus tiempos establecidos para luchar contra sus propias inquietudes, que son en definitiva muy distintas para todos.

Fuga de cerebros

Empecé a encontrar muchos mexicanos que se hallaban mejor en otros países, ya que en el extranjero podían liberarse y relajarse un poco al encontrar a seres tan distintos y con tendencias aún más marcadas que nosotros sobre la libertad. Allí podían dejar de enmascarar en fiestas y reuniones la felicidad ante cosas que se supone que no deberían hacernos felices. Dejar de creer que se nos va la vida por tratar de disimular esa sangre que quiere conocer nuevos horizontes, yendo con la filosofía de que si pudiéramos explorar la tierra veríamos lugares maravillosos, pero muchas veces solo nos conformamos con los mismos sitios.

Así encontré a varios mexicanos que al oír mi acento se ocultaban por miedo a que los juzgara. Pocos en realidad fueron abiertos conmigo en sus deseos, anhelos y extremos. No sé por cuál razón en particular, solo sé que muchos de ellos al regresar se comportaban como si nada hubiera pasado, como si hubiera sido un descanso de su conservadurismo para aguantar la sensación de encontrarse en modo automático.

Al no querer seguir con ese rol, muchos de ellos decidían quedarse y hacer cualquier cosa en otro país bajo una sombrilla de anonimato, pero de alguna manera con cierto estatus decoroso por estar en muchos lugares donde no se atreverían y que mucha gente considera como sitios de vacaciones permanentes. Lo que no saben muchas de esas personas que piensan de esa forma es que justo por vivir lejos se tienen muchas complicaciones. En la mayoría de los casos se encuentran en un estado de intrusión y atracción exótica y en mucho depende del país en el que se viva y el tiempo en que suceda.

Ante los ojos del mundo, el mexicano, salvo en Estados Unidos, tiene fama de producto deseado. Sin embargo, siempre llevará en la sangre ese México sanguinario, ese México incongruente, ese México grande o ese México con la esperanza desabrochada. Ese gran país que siempre ha podido ser tanto y que hasta ahora no ha sido. Y no por un tema de quienes gobiernan o toman decisiones, sino por la falta de orden social que se excusa bajo la sombrilla de la mala administración para justificar cualquier actitud que lo ponga en la distribución del poder en beneficio propio.

Por mis bellas raíces mexicanas

Es por mis bellas raíces mexicanas que he tenido tanto, que me he cuestionado tanto; aunque al final nada en ningún país es perfecto. Al estar lejos me di cuenta de toda la magia que de cierto modo tiene a mi corazón cautivado. Comencé a tener la necesidad de volver, de dejar de ser extranjera aquí y allá; de saber que muchas de las cosas que aún llevaba en mí eran mexicanas; que aunque el tiempo me había corroborado que ya no era de un único lugar, al final ahí estaba en el punto de partida del que un día salí.

A diferencia de París, Madrid y Nueva York, dejar Argentina fue una tarea ardua y complicada. Te sabes de un país cuando estás dispuesto a sangrar por él y fue tanto lo que este país me hizo aprender, que ya era algo encarnado en mi corazón.

Me subí al avión, esta vez con muchos amigos que no dejaron de hacerme fiestas de despedida que me confundían en mi decisión de partir de manera inimaginable; además de vivir con intensidad el adiós desde que lo anuncié. Parece que Argentina no me quería dejar ir. Pasaban cosas raras que me hacían preguntarme si estaba tomando la decisión correcta. Ese país quería tragarme como un hoyo negro para que jamás saliera de él.

El último día que desperté viviendo en Buenos Aires, a diferencia de cuando me fui de Nueva York, salí con toda una comitiva de amigos por quienes mi vida fue mejor vida. Pensé que no me iría debido a un paro de transporte, que es bastante usual pero que nunca me había tocado. Llegué a decir que si por algún motivo me bajaba de ese avión para pasar otra noche en Buenos Aires, renunciaría a la idea de volver a México.

Tenía una gran mezcla de sensaciones. Sin embargo, como buena ciudadana del mundo, me veía impecable, como si no pasara nada. Arreglada como una parisina, con el porte de una neoyorquina, la fuerza de una española, la intensidad de una argentina y, por supuesto, la pasión de una mexicana.

Las esperas en el avión me hicieron ir a buscar algo de comer; cualquier cosa, una manzana, lo que encontrara. Al llegar a donde estaban las aeromozas de la cabina del avión, me encontré los ojos negros más profundos que jamás haya visto, con las arrugas alrededor de una juventud sabia y bien ganada. Me cautivó como hace mucho no me cautivaba alguien. Me puso inquieta y para colmo me había puesto mis pantuflas, no llevaba mis zapatos impecables para presentarme.

De aquellos ojos no pude escapar, me miraban, me analizaban. De su boca salió un acento español que me recordaba tantas cosas en un avión que se encontraba en un país que tanto amaba. Se ofreció a compartir la barra de cereal que llevaba y ese fue el pretexto para comenzar a platicar.

Argentina me regalaba algo para llevármelo de despedida, uno de los momentos que más transitarían en mi vida como esos pasajes inexplicables de la felicidad. Parecía que la vida nos había puesto en el mismo lugar para conocer y para hacernos aprender mucho uno del otro. Era una de esas ocasiones en las que al conocer a una persona sabes que tu vida no volverá a ser igual porque su presencia te ha hipnotizado para siempre.

De repente anunciaron que el avión iba a despegar, tuve que irme a mi lugar por órdenes del auxiliador de vuelo. Esa noche me quedé inquieta, pensando que él estaba ahí, cerca de mí. Creí que todo era producto de mi imaginación y por protección esperé que así fuera, pero esta vez sus ojos no dejaban de mirarme. Algo había pasado para los dos, algo especial; esa leyenda de la que todos hablan y que te da el anuncio de la incertidumbre de un camino donde el amor siempre imperará sobre la razón, ya que cuando te avisa la razón, el corazón siempre irá adelantado, sin el bombeo.

¿Qué más de nuestra existencia puede existir con valor? Así sentí ese vértigo y esas ganas de perderme para siempre en esa mirada que reflejaba con tanta ilusión la mía, esa mirada que me sonreía y a la cual yo le devolvía la misma sonrisa desde el corazón.

El amor a partir de la libertad

Una de las primeras cosas que hice al regresar a mi bello país fue perderme en la isla Holbox, que se convirtió en uno de mis lugares favoritos. Fui con gusto con mis padres, quienes se encontraban dispuestos a adaptarse a mí para fomentar que decidiera permanecer cerca de ellos. Debo admitir que agradecí mucho su gesto, pues estar en un sitio en el que no hay automóviles, solo carritos de golf, era lo que necesitaba para relajarme. Esa isla encierra noches aisladas por completo y un brillo especial en esa época del año que la visitamos, debido al plancton y a la aparición de los tiburones ballena. Me abandoné a todas mis sensaciones.

En uno de los amaneceres en que me levanté para observar la bella salida del sol y refrescarme en el agua cristalina, me hallé flotando y disfrutando del momento sin preocuparme de nada. Como apenas estaba amaneciendo y no veía a nadie alrededor, decidí quitarme el top del bikini para, semidesnuda y feliz, recibir el inicio del día. Mis oídos estaban sumergidos en el agua y yo miraba al cielo, que no lastimaba ni siquiera con su resplandor, pues solo tenía la gentil luz que emanaba de las nubes.

Estaba tarareando la canción *Agua,* del grupo Jarabe de Palo, y acordándome de los ojos negros que me había regalado el avión y de los que yo continuaba conectada con intensidad. Pensaba en él, movía las manos como una niña con flotadores, con el sonido de la música en mi cabeza y con las ondas puras del agua que llegaban hasta mi corazón.

Perdí la noción del tiempo y así permanecí. De pronto, alcé la cara y me di cuenta de que se hallaba un hombre cerca de mí, observándome con mucha paz, sin morbo, solo con una mirada que reconocía y que me llevaba al extremo de mis deseos. Me puse un poco nerviosa y cubrí mis senos, que él ni siquiera miró por concentrarse en mis ojos. Entonces tomé conciencia de que era él, quien con sus ojos españoles estaba ahí para hacerme más presente la realidad de aquel instante.

Al principio me pareció extraño, pero después comprendí que las cautelosas preguntas que me había hecho sobre mi itinerario llevaban la intención de perseguirme. Además, la casualidad no era tanta, ya que le había indicado en nuestras conversaciones por WhatsApp sobre lo que estaría haciendo en la isla y en dónde me encontraría. Incluso recordé el mensaje que ese día había enviado para que él lo viera al despertar. Decía que me dirigía a nadar en la hermosa playa y que iba a pensar en él.

Pese a todas las razones lógicas que siempre busca mi mente antes que la piel, era mucha casualidad que alguien estuviera tan cautivado por mí como para ir en búsqueda de mi mirada en un escenario que no le correspondía y que ni siquiera sabía si era cierto. Ahí comenzaba la confianza entre ambos y las ganas de arriesgarnos en la aventura de conocernos.

Platicamos de todas las cosas superfluas y de todas las cosas intensas que se me ocurrieron en ese momento para no dejar de reír y para considerarnos muy tranquilos el uno con el otro. Tuvimos más tiempo de sabernos más.

Fue una pausa en mi universo. Esos días en Holbox fueron de puro conocimiento mutuo. Sin prisas, sin tratar de devorar el arte que surgía de nosotros dos. Él, por supuesto, respetando el espacio que debía tener con mi familia. Una noche, después de cenar con mi familia una deliciosa pizza de langosta y un buen vino blanco mexicano, decidí pasear con él por la playa, ante la incomodidad de mis padres, que por los gestos de sus caras al verlo llegar por mí, seguro me decían que por muy español que fuera sus divertidos prejuicios eran casi tan negros como sus ojos; lo que me hacía amar aún más mi mestizaje.

Nos fuimos caminando sin ninguna prisa. El silencio absoluto de la isla parecía la melodía del estremecedor enamoramiento de nuestros corazones. Nos hacíamos sutiles caricias mientras íbamos por la orilla de la playa y su oscuridad estrellada. Yo comencé a saltar con mi vestido azul cielo a la orilla del mar, que me acompañaba en mi danza con su suave oleaje y el maravilloso brillo del plancton.

Eran tantas mis ganas de vivir y tan diversas mis sensaciones en ese momento, que me quité el vestido para quedar desnuda, que es como más me gusta estar. Sin titubeos ante la oscuridad, traté de adentrarme en el mar y en la noche. Las aguas poco profundas de la fantástica isla me permitían seguir corriendo como si estuviera inmersa en el agua por mucho tiempo. Así fue hasta que después de correr a varios metros de la orilla comencé a tocar algo de fondo. Con sus ojos admirados y tranquilos, él fue tras de mí, también desnudo, para seguirme en mi locura.

Nos encontramos transparentes debajo de las aguas y con un maravilloso cielo que nos obsequiaba las constelaciones de Orión y Osa Mayor, mis favoritas. Deseando que la noche fuera interminable, todo el brillo del plancton se activó con nuestros movimientos, vibrando fluorescente entre nosotros. Era un espectáculo surreal, un nocturno de Dalí. Nuestras pieles sensibles estaban rodeadas de vida iluminada y nuestras miradas enamoradas alcanzaron la sintonía de nuestros misterios.

Después de momentos sin percatarnos del tiempo, nos dimos un abrazo tierno y necesario que quizás duró poco pero a la vez simbolizaba una eternidad en nuestra existencia. Después nos dimos un beso que sentí durar toda la vida, uno de los mejores roces de labios en mi memoria.

La noche empezó a demandar mi regreso a la habitación, muy vigilada por mis padres. Me despedí de él, proponiéndole encontrarnos en ciudad de México. Aunque él vivía en México, yo tenía miedo de que aquello se volviera el comienzo de nuestro olvido. Esta vez no quería que el olvido llegara tan pronto sin construir una historia.

Se fue un día antes y lo extrañé de inmediato. Al rato de su partida, los del hotel me notificaron que tenía un sobre en mi habitación.

Holbox, México, 13 de junio.

Querida Marta:

En este hoyo negro (el significado del nombre de la isla en lengua maya) en el que nos encontramos y en la maravilla de sus paisajes, el contorno de tu piel parece el lienzo de mis deseos. Quiero pintarlo con mi lengua y fijarlo con mi olfato, quiero que sientas centímetro a centímetro el calor de mi respiración para ir haciendo de tus deseos los míos y que mi corazón esperanzado palpite en cada parte de ti.

No me basta desearte, sino que lo sientas; que sepas que mis ojos toman la forma del misterio de los tuyos solo para ver mejor la esencia de tu alma. Quiero que sepas que te quiero así, con el perfume natural que me invita sutil a valerme de lo imposible para hacerte feliz.

No sé cuántos hombres han naufragado en tu rebeldía y cuántos al querer domarte se han perdido en tu locura, ni qué tan abatidos y derrotados se pudieron haber sentido después de intentarlo. Luego de probar la originalidad de tu vida, expresada en tus ansias de libertad, siento que en tus ojos no hay miedo, en tu corazón hay espíritu y voluntad y en tu cuerpo, que venero afortunado, está la memoria de tus pasiones.

Amo tu rebeldía. ¿Quién podría no enamorarse de tu rebeldía? Es tal vez la razón por la que muchos han sucumbido al miedo de perderse tratando de cambiarte. Yo solo quiero que me hagas parte de esa rebeldía para amarte en libertad el tiempo que dure mi corazón dentro del tuyo, el tiempo que tus misteriosos ojos café me contemplen con amor. Y si en la vida nuestros caminos cambian su curso, yo solo viviré para gritar que estoy loco de soledad. Y quien no sepa amarte en adelante, será un demente extraviado en el abismo de tu divina piel.

Siempre estos tus ojos,

Daniel

En el sobre había un collar con una esmeralda colombiana que se volvería como un tótem que sería mi tercer ojo, mi reiki, aquello que siempre me traería paz en los momentos más turbulentos de mi vida. Fue un verdadero tesoro que decidí venerar hasta el día que llegara mi muerte. Al leer esas palabras y ponerme con firmeza aquel bello collar cargado de significado, no dejé que me volviera loca como lo hice con algunos amores de mi vida. Me volví loca de amor, me enamoré. A partir de la libertad de seguir en mi ventana y él en la suya, amando la vida desde la individualidad y bajo el testimonio de dos almas sublimes.

Haciendo el amor

Ansiosa, dejé que llegara a mi departamento. Lo esperé vestida, dejé que me tocara. Quise platicar un poco y entonces pasaron cosas que yo ya había vivido con muchos hombres, solo que esta vez había más mensajes entre líneas y, por ende, más significados. La experiencia vivida me permitía disfrutar más allá de todos los placeres y el gozo de conocer a la perfección lo que quería mi alma, mi cuerpo y mis ganas de reconocer los deseos del otro.

En la sincronía de la experiencia y la autenticidad de una nueva persona me transformaba de a poco en un río de pasiones que desembocaba en el delta de mi más grande amor: el amor de amar mi propia vida, desde mi pasado hasta mi presente, y dejar de preocuparme por el futuro, por construir instantes de sol en mis días nublados.

—Déjame morir contigo ahora que todo es perfecto —me dijo Daniel tras llegar a un intenso orgasmo—. Ahora que no hay preguntas, rutina, soledad ni tantos cuestionamientos que se tienen al disfrutar la vida, déjame morir en ti. Regálame la muerte perfecta.

Entonces yo también quise morirme en ese momento perfecto, convertirnos en una galaxia de amor. Desde la experiencia, el respeto y la plenitud, sentí de nuevo eso que llaman amor, de una forma más madura y sabia.

Amanecimos. Me preparó mi desayuno preferido, una *omelette* de clara con verduras, café cortado con leche de almendras y un té Earl Grey. Sabía cuál era a partir de lo mucho que nos dedicamos a conocernos antes de pasar nuestra primera noche juntos. Yo estaba hecha un desastre después de nuestra «pelea de amor» y él me veía como la joya más perfecta. Yo lo miraba tomando su desayuno: solo un café con galletas.

Me encantaba su seriedad al comenzar a revisar las cosas de su trabajo sin dejar de mirarme. Cuando se fue de mi departamento mi vida estaba llena de sobresaltos. Había conocido el amor, uno que me daba la satisfacción de haber probado lo que significaba. Decidí escribirle una carta y enviársela para que la recibiera de forma postal.

México D. F., 8 de agosto.

Daniel:

Observa bien mis ojos desnudos, mi piel sensible a todas tus caricias. Escucha la música que produzco cuando me tocas, percibe la carente simulación que tengo al demostrarte que he nacido para practicar mis deseos e ir descubriendo de a poco el camino que quiero y puedo.

Siente cómo quiero compartirte lo que soy, consecuente con lo que he sido: transparente, sin censuras, sin alter ego. Y si acaso piensas que mi genuina lucha por la libertad desafía tu falsa certidumbre y el supuesto control de las cosas, recuerda que nadie podrá quererte como yo a mí me quiero. Nadie podrá quererte con las ganas que tengo de quererte, de la manera que sé querer por cómo aprendí a querer al aceptarme primero.

Quiero pasar contigo el tiempo sin plazos, sin contratos imperativos e inútiles juramentos; con las ganas

que tengo de que nos queramos así, viviendo lo que repre-
sentamos ahora; expresándonos como seres que pueden
reconocerse en la única intención de descubrirse a partir
de la libertad.

Marta

P. D. Tus ojos negros son espirales en los que me pierdo
para reafirmar los míos.

En esta aventura decidí estar con uno de los más bellos personajes de mis días. Me enamoré de todo su ser y me enamoré de
mi ser también. Un ser dispuesto a compartir sin egos, celos, de-
mandas e incertidumbres; dispuesto a vivir cada día compartido
lo mejor posible, tratando de entender nuestras imperfecciones
y recibiendo a cambio el mismo acuerdo de amor.

Nuestra María

Cuando María nació eran sus ojos como los míos, con el toque de misterio de Daniel. Quería comerse el mundo como yo. Su belleza también era exótica y le esperaba una vida hermosa como la mía, solo que me tendría a mí al menos para apoyarla en verse libre y sin culpabilidad de querer vivir.

Le compramos vestidos azules y unos juguetes para que aprendiera acerca de los lugares a los que había viajado. Queríamos inculcarle desde pequeña que el mundo era inmenso, que no había nada más bello que poder viajar con la mente y el corazón a cualquier lugar que ella deseara.

Asimismo, queríamos manejarlo todo claro, sin puertas escondidas que ella no pudiera abrir con nosotros. Estar ahí para ella y enseñarle lo que a mí no se me enseñó: decidir acerca de su cuerpo y su sexualidad sin tapujos. Deseábamos transmitirle tantas cosas juntos. Sentía cierta tranquilidad, llevaba nuestra sangre unida por el amor, tenía una combinación de nuestras miradas, así como una madre y padre, que le permitirían explorar su libertad, pues Daniel y yo compartíamos los mismos ideales.

Ya desde el primer encuentro con ella la amábamos y la acompañábamos por sobre todas las cosas. Además tenía unos abuelos y unas tías que habían aprendido a respetar nuestros deseos, ya que después de todo el tiempo puede ser un aliado muy poderoso. Cada vez veían con menos intensidad lo que en algún momento fue tan escandaloso. Sobre todo porque Daniel y yo habíamos decidido no casarnos, ya que el embarazo se dio por mera casualidad. Dicen que el verdadero amor te da ganas de engendrar y, aunque nos sorprendió a ambos, fue una casualidad muy bonita. Pese a que de la nada quedé embarazada, en ningún momento fue mi intención obligarlo a quedarse conmigo o a cumplir algún imperativo.

Las cosas se dieron desde el respeto y planteando si ambos estábamos listos para esto, que por supuesto lo estábamos. En definitiva, estados como la maternidad o la paternidad son conceptos que si se piensan demasiado quizás asusten. A veces vale la pena no pensar las cosas de más y dejar que se den. Su llegada nos alegró aún más la existencia. Le pusimos María, no como mi madre ni como mis hermanas o como un ancestro de la familia. Por casualidad, nadie de nuestra familia tenía ese nombre tan común que aludía a la Virgen morena, que aunque es Guadalupe nos gustaba más María, ya que incluso con nuestras vidas excéntricas los dos éramos creyentes y veíamos el lado positivo del amor que genera en las personas nuestra morenita.

La llamamos María para que comenzara su propia historia y que desde el mismo nombre desafiara rumbos e historias preestablecidas. Daniel y yo agradecimos a la vida por la hermosa experiencia y el amor genuino, desinteresado, que compartíamos en ese momento. Como siempre, sin importarnos el resultado de las cosas sino el emocionante camino.

El adiós

Él me adoraba, me amaba. Yo lo adoraba por aceptarme sin posesiones ni expectativas. Ese es quizás el verdadero amor que nos inspiraba a vernos frágiles y temerosos de nuestros propios instintos, a experimentar la oportunidad de ser padres sin imaginárnoslo. Mi vida se encendió aún más con el inicio de una relación que podía perdurar al edificarse bajo los estandartes de la libertad y la confianza de hablarnos con honestidad, del control del ego y del dominio propio del orgullo que nos da la falsedad de la superioridad.

Una mañana lo veía dormir, con su barba desarreglada y su cabello desordenado. Quería ver cómo abría sus ojos negros. No quería perderme ese momento, como muchas veces no quise perderme tantos amaneceres de mis recorridos por el mundo. De repente despertó, se veía más atractivo para mí que de costumbre, con su elegante y relajado sello ibérico. Tenía que irse a una reunión importante, así que le preparé su café y unas galletas que le había horneado un día antes para que le supieran a mí.

Se vistió, poniéndose de a poco la camisa, el cinturón, el blazer. Me daban ganas de quitarle todo de nuevo. Hay momentos tan perfectos en la vida que quieres que se detengan, que sientes que ya lo has ganado todo y que no puede haber otra cosa mejor aunque la inventen.

María despertó sonriente por la mañana. Daniel le había cambiado el pañal varias veces durante la noche para dejarme descansar, pues era su turno; además, le había dejado listo su biberón, sintiéndose culpable de que yo tuviera que cancelar una reunión porque priorizamos la de él como la más importante para ambos. Estaba feliz de llegar siempre a acuerdos de comunicación, me sentía orgullosa de él, de su forma de cuidarnos y de ser un equipo para todo.

Se despidió de mí con un beso tierno, no sin antes lavar su taza de café y decirme que era la mujer de su vida, no por perfecta, sino por auténtica.

Ese mismo día estaba escribiendo sobre mi trabajo y comencé a experimentar un vacío inexplicable que me avisaba de algo que no entendía, quizás un poco por la coincidencia de un derrame cerebral fulminante que le estaba dando a Daniel en su «juventud bien ganada». Solo así. Sin decir adiós, sin decir nada.

Es una diversión macabra de la vida pensar que la vida está asegurada.

María tenía un año y sonreía mucho sin saber que su padre no estaría más con nosotros. Una sonrisa que en días posteriores me dio fuerzas para seguir sonriendo, ya que era producto del amor, de un amor genuino. Pese a ser muy difícil al principio, traté de respetar la partida de Daniel, sin joderle su descanso con la pregunta de por qué me había abandonado. Era de esas cosas que nadie puede explicar y todos explican a veces con la amargura del cambio de planes que la vida nos da sin avisar.

El día de su funeral fui vestida de blanco y le dejé unas palabras que escribí con suspiros, sollozos y llanto, esperando que se las llevara el viento y se las hiciera llegar a él.

España, 1 de agosto,

En tus hermosos ojos negros recordaré tu vida como uno de los momentos que más he disfrutado. Seguiré adelante desde este preciso instante para hacer un ritual que sea para ti un diario homenaje.

El que te hayas ido no quita la esencia del vicio que guardaré de tu piel, no hará que deje de ver los bellos atardeceres de la vida ni que en su hermoso destello del ocaso no los vea reflejados en los bellos ojos de María, nuestra María, quien tiene el mundo en ojos como los tuyos.

Cuando ella me pregunte por ti, podré decirle sin lamentos que sabías estar tan enamorado de tu alrededor que estabas listo para morir cualquier día; que cuando la viste nacer fue el momento en que más brillaron tus cautivantes ojos.

Le explicaré, sin idealizarte, que no sabía si serías el amante de toda mi vida; que al encontrarnos fuimos transparentes para respetar los laberintos escritos que cada uno había transitado antes de conocernos y que aún seguíamos descifrando. Le diré que si acaso algo nos fragmentaba por la rutina, seríamos capaces de evolucionar a través del respeto mutuo para salvaguardar el lazo del amor puro, sin posesiones, plazos, contratos e imperativos juramentos; preceptos todos que podían adaptarse a una relación que trascendíamos en todo sentido gracias a que habíamos creado juntos un nuevo corazón que latía por las noches en que solo fuimos tú y yo, un hombre y una mujer.

Siempre supe que quizás no estarías ahí para desearme como mujer todos los días y que si eso cambiaba por la naturaleza de la vida, tenía la confianza de que serías nuestro incondicional y que respetarías nuestra nueva rutina. Eso te hacía un hombre maravilloso y *parte de un equipo, más que una pareja condicionante; y aunque no pude ver el resto de la historia, de alguna manera estaba segura de ello por el respeto con el que profesabas tu amor.*

Aunque te extrañe, procuraré tomar en cuenta el proceso natural de las cosas, saber que tuve la oportunidad de conocerte, amarte y verte partir lleno de amor a la vida y que esta no es injusta, tan solo efímera. Trataré de amarte en la distancia de la intangibilidad eterna de tu cuerpo como materia y saberte energía pura que convierte todo lo que toca en una genuina alegría.

Tu risa sonará en mi corazón como el soundtrack favorito de mi vida. Te dejo ir en paz, con el agradecimiento de todo el sentido que le diste a mi travesía en este camino, que para mí todavía continúa y seguiré aprovechando por honor a la existencia.

Nos seguiremos encontrando en los recuerdos que siga evocando esta historia que formó parte de mi dicha. Gracias por todo lo que nos diste a mí y a nuestra hermosa hija en este viaje disfrutado, aquella que amaste con locura en la historia de tu vida y que te seguirá amando en el tiempo que dure la mía.

Marta

Sin dejar de amarlo un minuto, puse la carta en el lugar de su entierro, miré hacia adelante y dije adiós.

Después de regresar a México, me sentía con total agotamiento e incredulidad ante todo lo que estábamos viviendo María y yo. Llegamos a casa, que hallé atascada de flores de todo tipo. Por alguna razón, sentí la necesidad de abrir su portátil, o como él decía, su *ordenador*. Encontré una nota en Word que él había comenzado a escribir y que ni siquiera tenía nombre. Creo que era una de las tantas cartas que de repente me escribía para hacérmela llegar de sorpresa. Decía lo siguiente:

Marta:

Comienzas otra vez a salir de tu cuerpo... por eso la pasión del acordeón junto a lo sensorial te hacen presente, más en tu mente que en tu cuerpo. Como efecto se sacude de distintas formas al reconocer la vida. Puede que entonces algún día, sin materia, miremos de nuevo las estrellas y el espejo será innecesario para el reflejo de la energía en su estado más puro de perfección.

Según la fecha del documento, fue una semana antes de su muerte. Uno no sabe explicar esas casualidades, parecía un mensaje hecho para mí en el desarrollo de mis nuevas circunstancias. Agradecí a la casualidad, al destino, a lo que llaman Dios, por permitirme leer por última vez al hombre de una de las espirales más importantes de mi existencia.

Lloré, queriendo que con esas lágrimas se limpiara mi alma de toda tristeza para observar con alegría su hermoso recuerdo. Me encontraba de nuevo con el vértigo de no saber qué pasaría. Si podría sobrevivir, ser buena madre.

Sentí entonces la enorme seguridad de mi fortaleza y de saberme una guerrera de la vida, que podría seguir adelante en compañía del maravilloso ser que es María. La vida, aunque con cierto dolor, seguiría, y sanaría la herida de su ausencia para saber vivir sin él, como siempre supe vivir por mí y como ahora aprendería a vivir aún más por María. Pese a este dolor, agradecía otra vez lo que pudimos vivir en nuestra mágica sintonía con el tiempo que pudimos compartir.

Oaxaca para sanar

La vida podía saberme muchas veces un poco agridulce. Me colocaba en la lucha constante para saberme completa. A decir verdad, Daniel complementaba mi vida, pero no me partía a la mitad, ya que nunca me fragmenté por él. Sin embargo, todas las cosas compartidas que hicimos en equipo me hacían quedar en silencio.

Como todo en la vida, los procesos eran misteriosos, pero con el pasar del tiempo empecé a reír, a desear seguir conociendo y explorando. A tener mi propia oportunidad de vida, acompañada de mi hija, y de seguir contribuyendo a mi alrededor como ser que aún tenía tiempo para hacerlo. No había sido un proceso rápido y tampoco significaba que olvidaría los ojos más profundos que había visto, pero respetaba que ahora estaban cerrados y descansaban para siempre.

Me fui un tiempo de voluntariado a Oaxaca para huir, para olvidar. Ahí encontré un mundo muy particular, lleno de riqueza cultural y de una gastronomía que, aunque me hizo engordar un par de kilos, me sanaba y me llevaba a encontrar la profundidad de mis raíces. Me llevé a mi María, por supuesto, con la intención de que desde pequeña viera toda la diversidad de nuestro país, antes de conocer todo lo que había en el mundo.

La gente era tan amable que nos ofrecía a mi hija y a mí vivir experiencias enriquecedoras. Me volví amiga de muchas personas que con su calidez me brindaban lo mejor de la vida y nos daban siempre la bienvenida. Durante mi estadía incluso conocí a un hombre sabio y culto que cuidaba que mi sonrisa se mantuviera intacta con el pasar de los días. Él era bastante mayor que yo, aunque a mí no me importaba su edad ni el deterioro de su cuerpo, su mente me tenía cautivada y solo me preocupaba que su materia no pudiera durar más. Tuvimos un romance espiritual, por llamarlo de alguna forma.

Este hombre de arrugas sabias, quien se llamaba Abraham, nos invitó el 2 de febrero a la fiesta de la vela de la Candelaria, una celebración tradicional en esta bella región. Nos llevó con su madre, que por supuesto ya era una mujer muy mayor, pero con una fortaleza que no es acorde con la apariencia de su cuerpo. Me impresionaba cómo mataba las gallinas y cómo preparaba una comida tan deliciosa; además tenía un porte y unas agallas que me hacían verme identificada.

La familia de Abraham tuvo la amabilidad de prestarnos unos trajes regionales para asistir a cabalidad a la celebración. Los trajes, que sacaron de un amplio armario, parecían una melodía de colores para mi alma y me comunicaban mucha alegría. Por si fuera poco, el bellísimo vestido que le prestaron a María le quedaba perfecto, me daban ganas de llorar de lo feliz que me hacía verla tan llena de vida.

Las hermanas de Abraham nos ayudaron a ponernos los trajes del modo correcto y cuando me vi vestida así me sentí, además de una tehuana, una verdadera princesa mexicana; la de María fue una de las combinaciones más hermosas que había visto en mi vida, estaba peinada con añadido de flores en su hermoso cabello. Se veía más bella que nunca.

Éramos dos mexicanas orgullosas de serlo, con esos colores y el amor de estas nuevas personas que nos ayudaban a sanar la ausencia de Daniel. A sus cuatro años, mi María se la notaba fascinada, llevando con orgullo el mestizaje que expresaba mediante aquel vistoso traje con sabor istmeño, que el peinado resaltaba aún más. Nunca la había visto tan sonriente. En su sangre mexicana y española portaba la mezcla que también definía nuestra historia y yo me sentía muy orgullosa de ella.

Aquellos colores oaxaqueños fueron el recordatorio de lo mucho que valía la pena honrar la vida. Siempre recuerdo agradecida ese lugar, que más allá de brindarnos sus colores nos ofrendó el inicio de una nueva vida.

Mariano

Mi gran amigo Mariano era un muxe, un homosexual travesti. Cuando lo conocí me asombró un poco su apariencia; por fortuna, mi mente contaba con suficiente amplitud y nos hicimos buenos amigos de inmediato. Comenzó a asistirme en cosas de la casa en la que vivíamos María y yo, además me presentaba gente muy amable que me ayudaba a sentirme como en mi lugar de origen.

En una ocasión el calor propició que nos tomáramos unas buenas cervecitas, acompañadas con unos tamales de iguana. Sacó también unos huevos de tortuga, que yo no quise comer por mi tema ambientalista. Me costaba mucho trabajo pensar que las tortugas estaban en peligro de extinción y toda la gente en la comunidad los comía, pero hacía un gran esfuerzo por respetar sus motivos para hacer algo así.

Incluso con nuestras diferencias culturales y gastronómicas, pudimos conversar en total confidencia. Me contaba muchas cosas que de alguna manera me ayudaban a comprender mejor cómo era el mundo en sus ojos. Él fue una de las amistades más entrañables que hice. Cuando regresamos a ciudad de México, creo que fue una de las personas que más sintió nuestra partida. Me dejó una carta estampada con un beso de sus labios rojos, tan bella como sentida, que después mandé a enmarcar para tenerla en la oficina, jamás olvidar el istmo de Tehuantepec y recordar que debía regresar tantas veces como fuera posible a llenarme de nuevo de esa alegría cuando el tiempo lo permitiera.

Juchitán, Oaxaca, 26 de febrero.

Querida Marta:

Tú me has abierto los ojos para reafirmar algunas cosas que aún tenía pendientes. Aunque mi comunidad me recibe de manera natural como muxe, todavía no me queda del todo clara la realidad cuando salgo de mi entorno. A ti, que vienes de ese mundo que no me recibe, quiero dedicar el pensamiento de mi ser ante el mundo.

¿Y qué?, si quiero ser diferente y dejarte saber lo que siento.

¿Y qué?, si me veo y no me gusta lo que veo, queriendo ser menos hombre y más mujer. Además deseo sacar esas alas, que por no tenerlas aún no permiten volar mis deseos por miedo a la desaprobación.

¿Y qué?, si lo que me gusta no es lo que les gusta a los demás, como admirar el arte, percibir los sabores o disfrutar las aficiones.

¿Y qué tal si también te mirara con rechazo por gustarte lo que a mí no me gusta, por querer tener el cuerpo que no tengo, más femenino, más mujer?

¿Y qué tal si te digo que al igual que tú tengo miedo de vivir esta vida, donde nada es seguro salvo ir por el camino de lo perecedero?

¿Y si supieras que me gustaría que solo vieras que nuestros objetivos son los mismos: vivir, amar, constituir momentos que impacten como significados en nuestra vida?

Los muxes me enseñaban una hermosa parte de la vida y de su diversidad, haciendo una amistad más allá de lazos y convencionalismos. La belleza de todos los lugares de Oaxaca y el silencio que encontré limpiaron mi alma de las posibles dudas o incertidumbres de lo que María y yo habíamos pasado, los cambios drásticos que de repente nos impuso la vida.

Nos encontrábamos ante la puerta de una nueva partida y la experiencia nos preparaba para regresar al mundo del que veníamos, pero nos dieron la oportunidad de fortalecernos desde la resignación y la alegría. También la ventana para que mi María pudiera ver desde pequeña toda la diversidad que existe en el mundo y para saber respetar su entorno desde el poder de no tener miedo a ver las cosas que no conoce, pero que existen en su orden natural.

Los ocho años de mi María

Estaba un día comprando cosas para celebrar el próximo cumpleaños de María con una pequeña fiesta casera, cuando sentí una brisa especial que me recordó a Daniel, una ráfaga de aire que me acariciaba la cara y me permitía percibirlo desde la memoria del tacto.

Entre tanta conmoción por ciertas sensaciones que venían desde el centro de mi estómago, al caminar hacia el auto durante la noche percibí cierto vértigo. No me di cuenta de que quizás mi intuición estaba hablando sobre las verdaderas cosas negativas en la vida, más que mis eternos planteamientos para defender la experimentación de una mujer o de la dinámica saludable de la pareja, de la diversidad sexual o del desafío de los roles de género para abrazar nuevas formas de amar o disfrutar la vida. Ideas que en ese momento pasaron a segundo término, a pesar de tener mucho sentido.

En unos pocos segundos, como cuando te resbalas de la nada y no sabes cómo pasó y aun así te sientes culpable por ello, varios hombres me tomaron por sorpresa y con violencia, metiéndome a una camioneta fría y sombría. Fue la primera vez que tuve un miedo paralizante y que quise arrepentirme por algo; ese algo era querer evitar el destino y su fuerza. Quería aferrarme a esa libertad que siempre había defendido y que en ese momento no me era posible hacerlo.

El tiempo eterno que tomó el trayecto hacia el que sería mi nuevo mundo por interminables días hizo que encontrara la mayor fortaleza para mantener la mirada digna, pese a las palabras que destrozaban todo lo que había en mi vida y por lo que estaba dispuesta a morir. Fue así como llegué a ese lugar con una energía que no se parecía a nada que hubiera sentido antes, ni siquiera en mis peores días.

Me recibió una mujer que me trató con respeto y distancia, podría decir que hasta con cierta lástima, como si supiera el destino que yo no conocía aún, pero que se me presentaba con anticipación y macabra certeza. Ella era quien estaría pendiente de mí. Su mirada me hacía preguntarme: ¿qué más podría pasar? Ya había visualizado el panorama, era un secuestro que pretendía quitarle un pedazo de las ganancias a mi familia.

Pasé varios días u horas, pues no lo sabía con precisión, viendo a esta mujer, quien en cierto modo se sentía avergonzada de su aspecto, de la desgracia del paradero de su alma. Me veía como si se viera a ella misma y eso me inquietaba. No quería que llegara el día en que me viera reflejada en ella. Esta mujer dormía en una habitación cercana a la mía, la cual tenía una ventana que ella podía abrir y cerrar para mirar de cerca todo lo que yo hiciera en aquella habitación en la que me habían confinado.

Ese lugar no tenía el más mínimo detalle para que alguien se sintiera cómodo, además tenía el sanitario en el mismo espacio, sin ningún tipo de intimidad. La puerta de madera estaba cercada por otra de herrería, que imposibilitaba cualquier posibilidad de huir. Era una habitación oscura, con una luz blanca de hospital psiquiátrico que siempre me desagradó como ambientación.

Estaba dentro de una pesadilla de la que despertaba para entrar en otra mucho peor y pasaba por una de esas horas que no se pueden contabilizar. Escuché que abrían las puertas y distinguí las voces de los mismos hombres que me habían arrancado con brutal fuerza de mi vida cotidiana. Se notaba que estaban ebrios por la manera en que balbuceaban. Jugaban con crueldad y bromeaban con que estaban dispuestos a martirizarme a través de una violación. De alguna manera, por la naturaleza de las circunstancias, ya me había preparado para esa posibilidad.

Con un miedo que se reflejaba en la forma de vacío en el estómago, me acordé de todos mis amigos, mis amantes, las noches de Madrid, Nueva York, París, Buenos Aires; de los lugares que marcaron mi vida, de mis primeros pasos en el amor; de Daniel, de los amores después de él que me siguieron enseñando; del mejor pasado de mi vida, de todo lo que me hizo agradecer que mi corazón latiera todavía entre tanta oscuridad. En ese momento solo buscaba la presencia de Dios para rogarle que me dejara desaparecer en aquel momento en que tres hombres estaban dispuestos a robar mi energía femenina para convertirla en un cúmulo de sentimientos atroces, entre los que seguro no me reconocería ni sabría otra vez encontrarme.

Desde algún lugar me llegó un poco de fortaleza para pensar que estaba dispuesta a darles mi cuerpo y no mi vida. No me haría más ni menos mujer. Las prostitutas tienen sexo con distintos personajes y eso no las estigmatiza hasta el punto de querer quitarse la vida, solo las lleva a buscar el modo de ganársela. Yo quería aprender a ganármela y a hacerlo con dignidad después de todo.

Los tres entraron a mi grande, austera, oscura y sucia habitación. Empezaron a bajarse el cierre del pantalón, a gritar y agarrarme fuerte. Entonces salió la Marta que yo conocía, la menos aburguesada, la de antes de concebir la maravillosa oportunidad de ser madre.

—No tienen que obligarme. Pongamos la siguiente condición: si usamos preservativo prometo hacer todo lo que piden.

Siempre quise estar con varios hombres y todos eran demasiado machistas para compartirme. Así que lleguemos a un acuerdo en el que todos salgamos contentos.

—A mí no me engañas, perra —me dijo uno, escupiéndome.

Me limpié la saliva con mi mano y con una sensual mirada me lamí como una gata osada.

—Mira, hija de la chingada, ¿de dónde voy a sacar preservativos? —dijo con furia el que fungía de líder de la banda—. Además me parece que eres una verdadera putita, ya me sabía algo de eso porque nunca te quisiste casar con el único pendejo que te aguantó y que después terminó colgando los tenis. Desde ahí has salido en varias revistas con uno y con otro.

»Yo no sé cómo la gente es morbosa para estar pendiente de lo que haces, pinche piruja. A mí no me engañas con eso de que te sientes muy puta y muy chingona. Ahora sí te vamos a enseñar de verdad lo que es ser una puta.

Yo quería un poco más de tiempo, pero estas palabras me anunciaban mi destino. Tantas veces me arriesgué en serio y ahora, comprando *cupcakes* para el cumpleaños de mi hija, quedaron los recuerdos de mí. ¿Qué burla me estaba haciendo la vida?

Siempre supe bailar con el diablo. Sin embargo, sabía que estos tres hombres estaban llenos de represiones y que las sacarían de sus vacíos para tratar de hacerle daño no solo a mi cuerpo, sino a todo lo que representaba mi ser.

Soltando la vida

Debido a una llamada, y «para buscar algunos preservativos», según dijeron en tono de burla, el encuentro violento se pospuso. Aquellos crueles hombres aplacaron obligados sus instintos para cumplir lo que llamaban su «oficio». La mujer encargada de mis cuidados básicos, quien había escuchado todo desde el cuarto contiguo, aprovechó el momento en que los hombres salieron para abrir la ventana y decirme con lástima que podía buscarme algo de ron si quería. Le dije que sí, sin dudarlo, y se lo agradecí.

Me tomé el trago como mortal cicuta que pudiera poner fin al oscuro laberinto en el que me hallaba y despertar de nuevo siendo yo, a pesar de todo, amando la vida.

Vi que la mujer quería acompañarme en uno de mis últimos brindis.

—Tardarán un poco porque la llamada es para agarrar a alguien más —me dijo—. Creo que es otra mujer de padres con dinero. A esas les va muy mal, pero el final es corto por lo mismo que tienen familia con contactos y nos tenemos que apurar para que no nos agarren.

»Las que no tienen ni un peso, esas pobres, se la pasan de prostitutas toda una vida o terminan en una jaula cuidando a otra presa que tiene toda la pinta de niña fresa como tú. ¿Sabes?, me sorprendió cómo actuaste ante sus amenazas. Me hubiera gustado reaccionar como tú hace años, cuando mis padres nunca estaban y mis hermanos abusaron de mí. Me hubiera gustado pensar que toda mi dignidad no se quedaba ahí. Me hubiera gustado tener tu mirada de felina antes y después de eso.

»En realidad lamento lo que puede sucederte, porque tu actitud desde el primer día que te vi fue diferente, como si pudieras ser libre a pesar de todo. Por lo mismo, lamento que quizás, aunque tu familia pague el rescate, es muy posible que no te devuelvan y hagan contigo algún tipo de negocio de tráfico de órganos.

»Esta casa está llena de sombras, que solo he visto desde el principio con estupor y que de a poco han ido enfriando mí corazón cada vez más. Como ya no siento más asombro que este relámpago de piedad por ti, puedo ofrecerte una posibilidad para tu sufrimiento.

—¿Cómo? —pregunté.

—Con estas pastillas. Si tomas la tira entera morirás o quedarás tan mal que te tirarán por alguna fosa que hagan por ahí, ya que no les servirás ni siquiera para negocio de órganos. No serás útil más que para morir y generar problemas. Ellos seguro te cortarán un dedo para mandarlo a tus padres y obligarlos a dar el rescate; de esa manera tu secuestro no habrá sido en vano. Tus padres, desesperados, pagarán y no sabrán jamás nada de ti como les pasa a tantas madres y padres de este pinche país, que mueren en vida con la angustia y pesar de nunca más volver a ver a sus hijas.

—¿Estás segura de que no hay forma de salir de aquí? Podrías ayudarme a salir y después yo volvería por ti —le dije suplicante y con esperanza.

—Tu propuesta suena linda —me contestó ella—, pero yo soy un cuerpo sin alma. Acepté ser parte de tanta porquería quizás porque no me quedaba otra más que ser aprendiz de esta maldad. La verdad es que ya hasta me está comenzando a gustar, sobre todo cuando llegan chicas fresas como tú, que lo único que hacen es tratarme bien al principio y después recalcan que yo no estoy a su nivel, que no sabemos con quién nos metemos y no sé qué tanto más.

»Tu serenidad y humildad, a diferencia de otras que han pasado por aquí, me han dado las ganas de decirte que tu deterioro será inimaginable en los próximos días, en cuerpo y alma. Lo que te ofrezco es lo único que podría hacer por ti. Mira que soy cada vez más cruel y no entiendo aún qué me pasa contigo. Además, esa tira la estaba guardando para mí, para ver si algún día escapaba al fin de todo esto, pero lo cierto es que no tengo el valor ni siquiera para eso y tal vez tú sí lo tengas.

—Me gustaría solo poder entregar una carta para mi hija, mi María —le dije.

—¿Me crees tan pendeja? Seguro que eso nos delataría a todos.

—Solo mándala desde cualquier lugar de la ciudad a una oficina de mensajería —insistí—. A cambio te daré este collar de esmeralda, que me regaló alguien muy especial para protegerme hasta el día de mi muerte, y toda mi gratitud en energía desde donde sea que yo vaya.

—Lo voy a pensar, pero dependerá mucho de lo que diga tu carta. Ahora, aquí te dejo las pastillas. Tómalas de una vez en cuanto termines de escribir, regresaré para leerla y decidiré entonces si la mandaré. Dame el collar de una vez. No quiero que noten que me lo has dado.

Me lo quité como si me quitara la vida y con lágrimas en los ojos se lo pasé por la ventana.

—Buena suerte, felina —me dijo ella—. Espero que nos encontremos en una vida que sea menos mierda que esta.

Sabiendo que me quedaban pocos minutos, me apresuré a escribir la carta con la inspiración que jamás tuve para ningún otro motivo de mi existencia. Cuando regresó la mujer, que se llamaba Catalina, me dijo que la leería para estar segura de mi lealtad. Me arrebató la carta casi con la seguridad de que yo la traicionaría, pero después de leerla con dificultad durante varios minutos, con lágrimas en los ojos me dio la botella de agua, prometiéndome hacerla llegar a mi María.

Ya con esa ilusión, tomé cada una de las pastillas. Recuerdo que eran dieciocho. Unos segundos después empezó un cansancio cegador. Las tomé justo a tiempo, pues ya se escuchaban las voces de los que llegaban. Esta vez entraron no solo los tres secuestradores, sino otros hombres, con una maldad en la mirada que expresaba que no tendrían piedad de mí.

Catalina se escondió. Su semblante era de despedida e indicaba la tranquilidad de haberme convencido de terminar con mi propio sufrimiento. Yo la miré agradecida por última vez, con una mirada que pedía a gritos que le entregara aquella carta a mi María.

Bajo el efecto de las pastillas, apenas alcancé a oírlos.

—Mira, la putita que les conseguí. Encima hará todo lo que queramos si usamos preservativo. ¿De dónde cree esta que venimos? Hay que darle bien duro para que se le quite lo chingona.

—Te voy a dejar sin caminar varios días para que te acuerdes de tus pendejadas —dijo otro, apagando su cigarrillo en mi seno izquierdo.

Fue intenso el dolor, pero por suerte las pastillas me alejaron de él. Empezaban a abandonarme las sensaciones del cuerpo, solo dolía cada parte de mi ser intangible, mi dignidad pisoteada, mi orgullo. Sentía apenas que penetraban no solo mi cuerpo, sino también mis más profundos sentimientos; destruyendo en ese momento mi esencia, mi espíritu. Me sentía sin vitalidad para luchar contra los inexplicables actos de misoginia y crueldad que aplicaban en mi piel y en mi ser.

Me distraje pensando en que lo que me estaba pasando les había pasado a muchas mujeres, quizás en peores condiciones; sin el refugio de sus historias o de sus almas y ni siquiera unas pastillas que pudieran anestesiar el temor y el dolor de saberse ultrajadas de tantas formas. Yo lo había visto antes en las cruces que había encontrado durante mis vivencias de investigación en la frontera. Sentía que no era posible que algo así me ocurriera a mí y que le pasara a miles de mujeres que habían sido enterradas sin un nombre, de tan desfiguradas y mutiladas que terminaban, y ante la incapacidad judicial para una justa investigación que lograra identificar sus cuerpos y sus familiares pudieran rezar por sus almas.

No sabía qué pensarían mis padres de todo esto, después de dedicar su vida a acaudalar en lugar de luchar por causas tan notorias por las cuales valía la pena al menos intentarlo. Esta sería la ironía de su vida y quizás también su karma, en lo cual yo no creía, pero que al parecer me estaban haciendo cumplir una sentencia ajena.

Después de todo yo era afortunada, dado que padecí todas las atrocidades que pude bajo el efecto de una decisión letal. Entre las pastillas y la mudez de mi alma, me serené hasta comenzar a perder la vista y dejar de escuchar sus gemidos, sus burlas e insultos. Empecé a irme como a otro lugar, me sentí tranquila en un escenario alejado por completo de ellos, me sentí totalmente en paz.

Entonces supe que al fin estaba muriendo, que tantos días de bellas oportunidades para descubrir lo mejor de la vida se habían terminado y que, pese a que no estaba en el mejor lugar ni con la mejor compañía, tantos hermosos recuerdos comenzaban a llegar a mi mente como los héroes de la pureza de mi alma.

En aquel comienzo del ocaso de mi vida, me sentí, no obstante, afortunada. Es cierto que quizás hubiera querido hacerlo de otra manera, pero ¿quién puede controlar la muerte?

Lo único que me pesaba era dejar a mi María y no volver a ver sus ojos, en los cuales me concentraba para dejar esta vida. Se quedaría huérfana. Supuse que los remordimientos de los abuelos le brindarían una buena infancia y le pedí al ser supremo, a la energía, a Dios y a todas las cosas positivas, que me habían demostrado en mi subjetividad que la magia existe, que la carta fuera suficiente para que cuando mi hija pudiera interpretarla la leyera con la ganas de vivir su vida como pudiera, mientras fuera feliz, y que me recordara llena de luz y como fuente de alegría inagotable.

En ese momento final pude recordar las palabras que una vez memoricé para que su resonancia las volviera importantes para ella. Estaba abandonando el sentido de las cosas, alejada del cruel escenario que protagonizaba, pero alcancé a repetir cada una de las palabras que plasmé en esa carta a mi María y que también fueron lo último que vieron mis pensamientos.

7 de febrero

Me encuentro pensando en ti, en este último intento de juntar todos mis anhelos, ahora que es la hora de que mi tumba se llene de mariposas y colibríes; el momento de irme con los olores que mis sentidos asociaban con la paz y mirar con el alma de mis ojos los personajes que siempre me inspiraron a explorar.

Que mi tumba diga solo mi nombre, Marta, la palabra más bella después de tu nombre, que encerraba todos mis misterios y deseos.

Que pueda irme desnuda por entero de prejuicios, de rencores, como más me gustaba estar y como vine al mundo, solo que antes de que cubrieran mis ojos con la tierra mojada que oculta todo lo que no vale la pena recordar.

Que en mi sexo coloquen una flor roja, pues nunca tuve temor de experimentar; rojas como mi alma y como la pasión de los días en que me hicieron ser de verdad mujer.

Que mi boca siempre esté pintada de un intenso color, ya que siempre dije a través de mis sensuales labios lo que tenía que decir, sin tapujos ni simulaciones.

Que tiren mis cenizas en los atardeceres de Holbox, para que se desintegren junto a la memoria de los ojos negros que me dieron tanta vida y se disuelvan en el mar, mi lugar favorito.

Que no existan lamentos por nada, ya que siempre me he andado sin ellos.

Que se me recuerde como la irreverente que siempre hizo lo que quiso. Sin temor a nada, salvo no tener las agallas de descubrir los placeres de su libertad. Me voy amando la vida con todos sus contrastes, venerando mi propia muerte con regocijo, ya que en vida me salieron alas de tanto volar.

María, espero que esta vida te elija a ti como me eligió a mí. Espero que seas capaz de amar tu ser como yo lo amé y que tu existencia trascienda tus bellos ojos, que tienen todo un mundo por explorar.

Con el amor más grande que una mujer puede tener, Marta, elegida por Dios para escoger su propio camino, para reconocer su voz interior en correspondencia con su corazón y crearte a partir de allí para luego amarte hasta la eternidad.

Lo único que te pido es que tus ojos siempre vivan iluminados, sorprendiéndote con la magia de tu valentía para buscar y hallar tu rumbo, cualquiera, el que tú decidas, pero en libertad.

A María

Estaba en un largo sueño, uno de esos que muchos definen como el paraíso. Estaba soñando con los mejores momentos de mi vida y me di cuenta de que eran numerosos. Por supuesto que estuve soñando con Daniel, y aunque él no era el único protagonista, sí me transmitía las pulsaciones más alegres, en particular al visualizar sus ojos negros. Busqué de nuevo mis ojos en los pasajes que me había regalado la vida. Las risas, las sensaciones, incluso los temores que vencí al final.

Me sentía plena en ese ambiente, pero me faltaban los ojos que más quería ver y por alguna razón no los encontraba. Me desesperaba, me sacudía; quería mover la materia que parecía no ser parte de mí, como si todo el peso estuviera en mi mente en lugar de mi cuerpo. Quería mover por lo menos un dedo.

De repente, en una refrescante espiral del tiempo, mis ojos se abrieron una vez más, como si quisieran recordarme la primera vez que los abrí al nacer. Eran mis retinas sensibles y hambrientas, con nuevas ganas de comerse el mundo. No sabía lo que estaba pasando ni lo entendí muy bien, todo pasaba a la vez. Solo pude distinguir con dificultad a una persona vestida de blanco que me sonrió de tierna manera, dándome otra vez la bienvenida y acariciándome la frente.

En ese momento me pregunté si era pura conciencia o quizás mi cuerpo no había renunciado a la vida. Estaba deseosa de renovar mi ser, revisitar el amor, volver a crear y experimentar. Quizás me había convertido en cenizas de energía, refirmando que la vida sería siempre hermosa aun en sus densas espirales.

De repente, se abrió una puerta llena de luz y mi corazón se exaltó más que nunca. Era el regalo de poder ver de nuevo los ojos de mi María y poder ver reflejada en ellos la sonrisa de una oportunidad.

María era irreverente, atorrante; era su destino o su marca personal. Como la madre, pero con la peculiaridad de estar muy cómoda en sus propios abismos.

Lecturas recomendadas

Besadoras de sapos. En busca del indicado
(Giuliana Delgado Vidarte)

Mis semillas de bambú (Noa Issa)

Lecturas recomendadas

Besadoras de sapos. En busca del indicado
(Giuliana Delgado Vidarte)

Mis semillas de bambú (Noa Issa)